JÚLIA LOPES DE ALMEIDA

A HERANÇA + NOS JARDINS DE SAUL + DOIDOS DE AMOR

Coleção
GRANDES CLÁSSICOS DA LÍNGUA PORTUGUESA
VOLUME 5

BRASILIARIS

Editor-chefe:
Tomaz Adour

Revisão:
Equipe Vermelho Marinho

Capa:
Spirit

Diagramação:
Marcelo Amado

Texto revisado segundo o novo Acordo Ortográfico da Língua Portuguesa.

Dados Internacionais de Catalogação na Publicação (CIP)
Fabio Osmar de Oliveira Maciel – CRB-7 6284

A447h

Almeida, Júlia Lopes de, 1862-1934
A herança. Nos jardins de Saul. Doidos de amor / Júlia Lopes de Almeida. – 1. ed. – Rio de Janeiro : Brasiliaris, 2023.
94 p. ; 21 cm. – (Grandes clássicos da língua portuguesa ; v. 5).

ISBN 978-65-86082-87-6

1. Teatro brasileiro. 2. Literatura brasileira. I. Título.

689-057-23 CDD : 869.92

Índice para catálogo sistemático:
1. Teatro : Literatura brasileira 869.92

EDITORA VERMELHO MARINHO USINA DE LETRAS LTDA
Rio de Janeiro — Departamento Editorial:
Avenida Gilka Machado, 315 — bloco 2 — casa 6
Recreio dos Bandeirantes — Rio de Janeiro — RJ
CEP: 22795-570

VERMELHO MARINHO
www.editoravermelhomarinho.com.br

SUMÁRIO

APRESENTAÇÃO

O selo Brasiliaris é uma iniciativa da Editora Vermelho Marinho com a Spirit, que tem como objetivo resgatar todas as obras clássicas da literatura brasileira que estejam em domínio público. Independente do autor ou da época em que escreveu, a coleção pretende publicar todas as obras de todos os autores que estejam disponíveis para publicação ou digitalização.

É um trabalho de longo prazo, pois citando apenas alguns autores muito conhecidos, como Machado de Assis, José de Alencar e Joaquim Manuel de Macedo, descobrimos que eles têm uma obra muito extensa, incluindo romances, contos, novelas, poemas e textos teatrais, fora artigos em ensaios. E muitas dessas obras não se encontravam mais no mercado. Até agora.

Tomaz Adour, o editor da coleção, já vem fazendo este trabalho de resgate há mais de 10 anos, conseguindo trazer de volta ao mercado autores do porte de uma Júlia Lopes de Almeida, A. G. Teixeira e Souza, Paulo Setúbal, Coelho Neto, Francisca Júlia, Bruno Seabra, Carmen Dolores, Martins Pena, João do Rio, Coelho Neto, Chrysanthème, entre tantos outros que lançou na Coleção Grandes Clássicos.

Com o apoio da Spirit e sua experiência em design aliada à sua paixão pelos livros, estes e outros autores irão ganhar roupagem nova, com edições especiais com orelhas, edições especiais em capa dura, além de ebooks a preços acessíveis para todos os leitores.

Este projeto ambicioso é uma forma de levar ao público tudo de bom que foi produzido em nossa literatura, permitindo que os leitores tenham acesso não apenas às obras mais famosas dos principais autores, mas também a obras que estão fora do mercado há décadas ou mesmo séculos. Com isso, um leitor que se apaixonar por um livro de um autor poderá conhecer toda a sua obra.

É um trabalho de garimpagem. Temos mais de 10.000 obras a serem publicadas e estamos atrás de obras perdidas, esquecidas ou que possuem poucas cópias em bibliotecas ou coleções particulares. Por isso, todo apoio é bem-vindo. Cada leitor ou amante de livros que deseje sugerir ou indicar uma obra receberá os créditos e será um colaborador da coleção. Acreditamos que, desta forma, obras perdidas ou com cópias desgastadas poderão ser resgatadas, desde que haja um colecionador ou uma biblioteca que a possua. Se quiser colaborar, basta nos escrever.

Que os leitores possam descobrir cada vez mais as obras de uma das literaturas mais importantes do mundo!

A HERANÇA

PEÇA EM UM ATO

ATO ÚNICO

PERSONAGENS

Doutor Seabra, médico, 45 anos

Joaquim, 60 anos, irmão de

D. Clementina, 55 anos

Elisa, 25 anos

Rita, filha de D. Clementina

Bemvinda

Sala ampla de trabalho; uma porta ao fundo e uma larga janela gradeada, também ao fundo, emoldurada de trepadeiras em flor; sobre o jardim, uma porta à esquerda e duas portas à direita; mobília elegante e simples; uma mesa de trabalho com jornais, figurinos, cesta de costura, etc. À esquerda uma estante baixa com livros; um retrato de homem suspenso na parede; à direita, entre as duas portas, um espelho sobre um guéridon[1]*. Elisa, toda de luto, com uma corrente, de que pendem chaves, na cintura, cose perto da mesa, tossindo de vez em quando. Conserva-se só em cena, por algum tempo, até que entra Rita.*

1 Mesa pequena e arredondada, usualmente com um tampo de mármore.

CENA I

RITA e ELISA.

RITA: Minha blusa ainda não está pronta?

ELISA (*sem interromper o trabalho*): Falta pouco.

RITA: Que demora! Já estou ficando cansada de esperar! Sabes que horas são? Quase quatro! (*inclinando-se para a costura*). Pontos de légua e meia, sim senhora! Não podes falar mal das francesas; assim tivesses o *chic* que elas têm... (*pausa*). Estou com uma vontade doida de mandar vir um vestido de Paris!... as *toilettes* que vêm de Paris fazem as mulheres tão finas, tão elegantes! Basta ver ali a D. Candinha, com aquele corpo de ama de leite, como parece bem quando se enfronha nos seus *tailleurs* do *boulevard*... não achas? (*Elisa não responde; faz um gesto com a cabeça, como a dizer: - não sei*). Mas anda depressa, Elisa! Estás farta de saber que hoje temos visitas para o jantar; de mais a mais, os Mendes! E que eu não quero aparecer à última hora... a Bemvinda já está quase pronta, e eu ainda tenho de estudar o monólogo... (*cantarola, vai colher uma flor na trepadeira da janela, gira pela sala e aproxima-se de novo de Elisa*). Esqueceste-te de mandar pôr as plantas da estufa na sala de jantar. Mamãe já reparou...

ELISA: Ou hei de coser, ou... (*faz menção de se levantar*).

RITA (*opondo-se*): Não! Agora não interrompas a costura, senão nunca saímos daqui. Depois terás tempo de alegrar a casa. No dia em que se tira o luto deve-se encher os jarros de flores vistosas. (*com um suspiro*) Ah, como eu estava cansada de andar de preto!... (*impaciente*) pronto, pronto, dá cá a blusa!

ELISA: É preciso ainda pregar os botões...

RITA: Ora, que maçada! (*vai se ver no espelho, depois, voltando-se*) Qual dos dois Mendes achas mais bonito? O Luiz ou o Maurício?

ELISA: Não sei...

RITA: O Luiz... Eu nunca imaginei que uns olhos de homem pudessem dizer umas coisas tão doces... nem que o seu sorriso tivesse o poder de alvoroçar tão profundamente a alma das mulheres... (*mudando de tom e examinando Elisa*). Não pões hoje, ao menos, uma golinha branca? Afinal de contas, já é tempo! Maninho morreu há dois anos e hoje faz seis meses que morreu Vovó. Deves sacudir de uma vez esses trapos pretos. De mais a mais, maninho dizia sempre que o luto era uma estupidez e uma hipocrisia. Não é na cor da roupa que está o sentimento. Eu também acho. (*pausa*) Acaba com essa blusa!

D. CLEMENTINA (*de dentro*): Elisa!

RITA: Mamãe está te chamando. Já sei porque é. Esqueceste-te de fazer o pudim de laranja! (*grita para dentro*) Elisa está acabando de fazer minha blusa, mamãe! (*para Elisa*) Anda depressa. Que amolação!

ELISA: Já tenho os dedos picados...

RITA: Todas as costureiras têm os dedos picados...

ELISA: Mas eu não sou costureira. Coso só para fazer as vontades...

RITA: Não fales, que é para não perder tempo. Digam o que disserem, quando a gente conversa atrapalha o serviço. Eu já tenho experimentado conversar enquanto estou ao piano, e nunca pude tocar três compassos em seguida sem confundir o que estou dizendo com o que estou fazendo. É uma atrapalhação. Entretanto, há certas pessoas que estão tocando (*imita o exercício do teclado*) e estão com a cara virada para o lado, a dizer coisas...

ELISA: E...

RITA (*examinando a cabeça de Elisa*): Talvez não saibas uma coisa... e é que estás ficando com os cabelos brancos... Ninguém dirá que só tens vinte e cinco anos! Olha, tio Joaquim tem sessenta e ninguém lhe vê nem um fio de cabelo branco... é verdade que se ninguém lhe vê nem um fio de cabelos brancos é porque ele os pinta... (*continua a examinar Elisa*) Mas agora dize-me: que mania é essa de usares sempre o retrato de maninho no peito? Todo mundo sabe que ele foi teu marido. Não acho isso nada elegante... é indiscreto.

D. CLEMENTINA (*de dentro*): Elisa!

ELISA (*levantando-se com modo impaciente e entregando a blusa a Rita*): Aí está, se não ficar ao teu gosto, desculpa. (*Sai*).

CENA II

RITA e depois **BEMVINDA** e **D. CLEMENTINA.**

RITA (*resmungando*): Que malcriada... (*examina a costura*).

BEMVINDA (*entra, mostrando-se admirada*): Ainda estás assim?!

RITA: Elisa morria com a costura nas mãos... foi preciso vir sacudi-la.

BEMVINDA: Ela é muito mole. Deus me livre!

RITA: Um horror! Ih! Mas como estás bonita e cheirosa. És a flor das minhas primas!

BEMVINDA: Para isso é preciso pouco, visto que não tens outra. Queres que eu te penteie?

RITA: não te incomodes, a Elisa faz isso. Também é preciso que ela faça alguma coisa! (*grita com força para a porta por onde sairá Elisa*) Elisa!

BEMVINDA: Se eles chegarem antes de estares pronta?

RITA: Não virão antes das seis horas, descansa.

BEMVINDA: Mas como não levas nunca menos de duas a vestir-te!...

RITA: Isso é falso.

BEMVINDA: Pois sim! Verás que o Luiz se resolve hoje a pedir a tua mão...

RITA: E o Maurício a tua...

BEMVINDA: Qual! Não tenho os teus encantos...

RITA: Pois ele deita-te cada olho, aceso e grande que nem o dos automóveis! Hoje estala-lhe a declaração. Verás. É um momento delicioso, mas de um embaraço!... ensaia a tua resposta, para não fazeres a figura que eu fiz...

BEMVINDA: Que figura?

RITA: A de uma pessoa que tivesse engolido um pêssego com caroço e ficasse engasgada... agora, quando me lembro, tenho vontade de rir... imagina!

BEMVINDA (*interrompendo-a*): Cala-te, que aí vem titia. Que pena, logo agora! Também titia sempre nos interrompe nas melhores ocasiões! (*entra D. Clementina*)

D. CLEMENTINA: Está um calor de tempestade! Vamos ter muita chuva. É só o que lhes digo.

RITA: Pois se mamãe não tinha mais nada para nos dizer, era melhor que se conservasse calada.

D. CLEMENTINA (*repreensiva*): Menina! Estão vendo que modos?! (*pausa, mudando de tom*). Mano Joaquim já veio!

BEMVINDA: Não sei, titia.

D. CLEMENTINA: Também vocês nunca sabem nada...

RITA: Oh, mamãe, pois eu estava aqui ajudando Elisa a coser!

D. CLEMENTINA: A Elisa... a Elisa... parece que ela anda com a cabeça a juros. Esquece-se de tudo... ficou ao menos boa, a tua blusa?

RITA: Assim, assim... (*grita para dentro*) Elisa! Vem me pentear! (depois para Bemvinda). Vamos, Bemvinda, é tarde e eu ainda quero que me tomes o monólogo... (*saem as duas pela direita*); D. Clementina senta-se, desdobra um jornal, põe os óculos e lê. Elisa passa ao fundo atravessando, calada, de uma porta da esquerda para a da direita, por onde saíram as moças. D. Clementina continua a ler, entra depois Joaquim pela porta do fundo).

CENA III

D. CLEMENTINA e **JOAQUIM**.

JOAQUIM (*depois de colocar o chapéu a um canto, vem sentar-se perto de D. Clementina*): Cá estou de volta...

D. CLEMENTINA: Ora graças! Então, que te disse o doutor? (*tira os óculos e dispõe-se a ouvir o irmão*).

JOÃO: Disse que... (*interrompe-se para raspar com a unha uma nodoazinha do fraque*) homem, não me disse nada!

D. CLEMENTINA: Ora essa é muito boa! Se começas com as tuas distrações, estamos bem aviados! Pois vais de propósito da minha casa a casa do médico, só para fazer uma consulta, e das-me essa resposta? Não. Isso também é demais!

JOÃO (*pachorrento*): Que diabo, parece-me que não foi uma resposta ofensiva!

D. CLEMENTINA: Não foi ofensiva porque nem chegou a ser uma resposta. Ora se valia a pena teres saído para isso! Sabes perfeitamente que estou sobre brasas...

JOÃO: Não sabia...

D. CLEMENTINA: Não sabes outra coisa!

JOÃO: Eu?!

D. CLEMENTINA: Certamente, porque deves compreender que a minha responsabilidade de mãe de família exemplar...

JOÃO: Isso...

D. CLEMENTINA (*vivamente*): Não me interrompas!

JOÃO: Era só para lembrar-te que o elogio em boca própria...

D. CLEMENTINA: Ora, Joaquim! Não me faças perder a paciência com essas tolices... (*pausa*) que era mesmo que eu estava dizendo?

JOÃO: Não me lembro...

D. CLEMENTINA: É sinal de que estavas prestando muita atenção! Ah, já sei! Falava da minha responsabilidade de mãe de família.

JOÃO: É um assunto estafado!

D. CLEMENTINA: É o mais nobre da terra... e que me obriga a zelar pela saúde de minha filha e de minha sobrinha...

JOÃO: Sim, na do irmão não falas...

D. CLEMENTINA: Era só o que faltava, que eu tomasse conta de uma pessoa mais velha do que eu!

JOÃO: Mas que o não parece!

D. CLEMENTINA: No juízo, realmente, pareces muito mais moço! E a prova é que te peço para ires de propósito indagar do médico se a convivência da Elisa pode ser prejudicial às outras e tu não me trazes solução.

JOÃO: Mas trouxe-te o médico!

D. CLEMENTINA: Porque não me disseste isso logo de uma vez! E onde ele está?

JOÃO: Ficou lá no vestíbulo conversando com o Chico, que o esperava na passagem para fazer uma consultinha de graça! Lá o deixei de língua de fora. É pavorosa, a língua do Chico. Já a viste?

D. CLEMENTINA: Ora, é como as dos outros!

JOÃO: Estás muito enganada. Nem imaginas! O que teu cunhado tem na boca... não é língua...

D. CLEMENTINA: Temos outra. Então que é? Já agora quero saber.

JOÃO: Uma coisa assim como uma folha de cajueiro muito larga, com malhas cor de ferrugem, dor de cobre, dor de zinabre, sobre um fundo ouro-velho veiado de verde... e de branco... não reparaste na minha palidez quando entrei? Era de espanto!

D. CLEMENTINA: Não percas tempo com essas baboseiras e dize-me para que veio o doutor.

JOÃO: Ora essa! Para examinar a Elisinha!

D. CLEMENTINA: Não bastaria mandar-me de lá a sua opinião?

JOÃO (*mudando de tom*): Não. Com doença tão séria não se brinca.

D. CLEMENTINA: Doença tão séria! Tão séria... quem sabe o que ela tem! Pela minha parte, estou até convencida de que naquelas tossinhas e fraquezas entra um pouco de manha.

JOÃO: Estás sendo injusta. Que razões tens para dizer isso?

D. CLEMENTINA: As que só os cegos não querem ver...

JOÃO: Parece tão boa moça, coitada!

D. CLEMENTINA: Também era só o que lhe faltava, ser má! Nem tem ocasião para isso! Mas também sempre gostaria que me dissessem quais são suas virtudes notáveis!

JOÃO: Foi uma excelente enfermeira do marido, e olha que aturar as impertinências de um tuberculoso, dia e noite, é alguma coisa.

D. CLEMENTINA: Entendo que ela não fez mais do que o seu dever. Não se casasse. Eu aturei mais o meu marido.

JOÃO: Oh, mas esse viveu muitos anos!

D. CLEMENTINA: Por isso mesmo! E nem por isso fui fazer de mártir para a casa de minha sogra!

JOÃO: Mesmo porque não tinhas sogra.

D. CLEMENTINA: Nem sogro. Nisso fui feliz.

JOÃO: Ainda bem que o reconheces, e nesse caso estás apta para lamentá-la, mas ainda há uma outra circunstância que de algum modo altera a situação.

D. CLEMENTINA: Qual?

JOÃO: Teu marido deixou-te dinheiro.

D. CLEMENTINA: Grande fortuna, a que ele me deixou!

JOÃO: Casa... pão... vestuário e criados assegurados... já não me parece tão pouco. E ela?

D. CLEMENTINA: Então todos os maridos têm obrigação de deixar dinheiro às suas viúvas?

JOÃO: Parece-me que sim, e é por isso que eu não me caso... (pausa) mas, afinal, teu filho tinha algum dinheiro...

D. CLEMENTINA: Coitado! Dos cinquenta contos que lhe couberam na partilha do pai, já nem lhe restava metade quando morreu...

JOÃO: Em todo caso...

D. CLEMENTINA: Estás farto de saber que o que era dele reverteu a mim, visto que eles se tinham casado com separação de bens!

JOÃO: A conselho teu...

D. CLEMENTINA: Não digo que não. Mas nada impedia meu filho de fazer depois um testamento em favor de sua mulher. Se o não fez foi porque o não quis. Lavo daí as minhas mãos...

JOÃO: Ele era muito moço para pensar na morte...

D. CLEMENTINA: E eu tinha-lhe muito amor para lembrar-lhe (*suspira, olha para o retrato do filho, Joaquim acompanha o movimento; pausa*). Quando aconselhei meu filho a casar-se com separação de bens, fi-lo, não só para defender a sua pequena fortuna, que eu não podia prever que me voltasse às mãos, como também, confesso, para experimentar o caráter da noiva. Eu não a conhecia, e fizeram-me constar que ela julgava o noivo mais abastado do que ele realmente era... Há tanta gente ambiciosa neste mundo!

JOÃO: Pobre Elisa!

D. CLEMENTINA: Pobre Elisa! Ora, também não vejo razão para essas lamentações, que nem sei o que parecem! Há outras mais infelizes, e não foi ela a única neste mundo que se casou com separação de bens! Afinal, minha nora tem ou não tem casa, e bem espaçosa, para morar? Tem.

JOÃO: Mas não é dela...

D. CLEMENTINA: Tem ou não tem o seu jantarzinho à hora certa e bem bom? Tem. Tem ou não tem vestuário à vontade? Tem. Tem ou não tem médico, botica e autoridade sobre os criados? Tem. Logo, não lhe vejo razão de queixa, e é por isso que me parece que aqueles modos tristes e aqueles pigarros não são tão indícios de moléstia, como malignidades de mulher que...

JOÃO (*interrompendo-a*): Há cinquenta e cinco anos que o és; deves ter pelo menos experiência que te autorize a afirmar essas barbaridades...

D. CLEMENTINA: Alto lá, que eu nunca tive necessidade de dissimular coisa nenhuma, como essa moça que o meu pobre filho me trouxe para casa, por sugestão, feitiçaria ou não sei o que.

JOÃO: O feitiço do amor!

D. CLEMENTINA: Qual amor! Ele era um rapaz inexperiente, seduziram-no. A tia, que lhe servia de mãe, queria desfazer-se dela, para ir sozinha com seu *mister* para os Estados Unidos... (*parando para meditar um pouco*). Quem sabe? Talvez fizesse bem à Elisa uma viagem aos Estados Unidos...

JOÃO: Se queres que eu a leve, dá-nos dinheiro para as passagens e o resto, e é já. Com o dinheiro dos outros sou capaz de ir até ao fim do mundo.

D. CLEMENTINA: Se eu fosse rica... mas bem saber que o não sou, e é por isso que certas observações tuas até me ofendem. Olha, quer creias, quer não, a verdade é que ainda devo a meu cunhado perto de vinte contos. A herança do meu pobre filho, consumi-a em reformar a casa velha da Penha e em resgatar a hipoteca desta. Se vivemos com fartura, não vivemos com luxo e hei de me ver embaraçada para dar um dote à Ritinha...

JOÃO: Isso é que é um feitiço!

D. CLEMENTINA: A Ritinha?

JOÃO: Não, o dote.

D. CLEMENTINA: Ela não precisa disso para agradar.

CENA IV

Os mesmos, o **DOUTOR** e depois **BEMVINDA.**

DOUTOR: Senhora D. Clementina, aqui me tens às suas ordens. O senhor seu irmão já me informou de tudo e espero tranquilizá-la.

D. CLEMENTINA: Obrigada, doutor. O que lhe peço é que seja absolutamente franco. Minha nora não sabe que mandei chamá-lo para vê-la. Como é um pouco esquisita de gênio, poderia esquivar-se a um exame mais demorado. O senhor a convencerá do que for preciso.

DOUTOR: Eu sempre temi pela saúde daquela senhora, quando a via tão agarradinha ao marido, tão sem precauções para a defesa da sua vida... mais de uma vez a adverti do perigo a que se expunha. Foi uma enfermeira rara, uma verdadeira heroína...

D. CLEMENTINA: Creio que ela não fez mais do que cumprir o seu dever de boa esposa – e ninguém lhe nega essa qualidade.

DOUTOR: Perfeitamente... Em todo caso, afirmo-lhe que ela poderia ter cumprido esses deveres com um pouco mais de previdência e de egoísmo. Em tais casos, a ciência exige hoje das enfermeiras todas as precauções...

D. CLEMENTINA: Por falar em precauções, doutor, o que me impressiona é a ideia de que a convivência da Elisa, caso ela esteja atingida por essa moléstia, seja prejudicial à Ritinha e à Bemvinda. São todas moças e vivem tão unidas...

DOUTOR: Esperemos que não haja motivo para sustos...

JOÃO: E se houver?

DOUTOR: A prudência aconselharia uma separação... grandes cuidados... (*para D. Clementina*) Ela não tem família?

D. CLEMENTINA: Não... ninguém... outra pergunta, doutor: é de opinião que se ela estiver mesmo afetada dessa moléstia, deverá servir-se de louça à parte...

JOÃO (*interrompendo*): Essa moléstia! Essa moléstia! Dize logo: tuberculose! Não sei porque não se hão de tratar as coisas pelos seus nomes!

DOUTOR (*respondendo à D. Clementina*): Todo cuidado nesse caso é pouco, como eu já disse. Mas, esperemos que o mal não seja tamanho... (*Bemvinda entra*).

D. CLEMENTINA (*vendo entrar Bemvinda*): Olha, Bemvinda, o doutor está aqui dizendo que vocês não devem nunca beber pelo mesmo copo de que Elisa se tiver servido, nem comer pelo mesmo prato.

BEMVINDA (*admirada*): Por quê?

DOUTOR (*para D. Clementina, em ar de censura*): Minha senhora...

D. CLEMENTINA: Ordens de médico não se discutem. Sê discreta, mas não te esqueças destas recomendações. Assim como não devem beijá-la, principalmente na boca. Não é verdade, doutor, que o beijo é um perigo?

DOUTOR: Às vezes...

JOÃO: Sim... dos quinze aos trinta anos... digamos mesmo, aos quarenta...

BEMVINDA (*para o doutor, com interesse*): Que doença tem a Elisinha?

DOUTOR: Talvez nenhuma. Se mandassem chamá-la?

D. CLEMENTINA: Vai chamá-la, Bemvinda, e deixa-a aqui só com o doutor. Eu, vou lá para dentro. Muito sofre uma dona de casa. É só o que lhe digo...

DOUTOR: E não me diz novidade nenhuma. É o eterno queixume!

D. CLEMENTINA: Aceita um cafezinho?

DOUTOR: Não, obrigado.

D. CLEMENTINA: Licor? Uma limonada? (*ele diz que não com a cabeça*) Nem limonada?

DOUTOR: Nem licor. (*Elisa entra, D. Clementina sai*).

JOÃO (*indo buscar o chapéu e a bengala*): A minha companhia é agora demais; cá os deixo à vontade. Logo à noite procurá-lo-ei em sua casa, doutor. Até logo, sim?

DOUTOR: Até logo (*Joaquim sai, Elisa e o médico ficam um instante em silêncio, um em face do outro*).

CENA V

ELISA, DOUTOR e depois **D. CLEMENTINA.**

ELISA: Disseram-me que o Senhor queria falar-me...

DOUTOR: Sim, minha senhora. Sente-se aqui ao pé de mim... temos que conversar...

ELISA: Deveras! Parece-me isso tão extraordinário, como se me dissessem... o que? Que a lua tinha descido à terra e andava aí rolando pelo jardim... (*tosse*).

DOUTOR: Supõe que a sua palestra não me interessa?

ELISA: Não há mesmo razão para supor o contrário.

DOUTOR: Que modéstia!

ELISA: Não é modéstia, é convicção. (*tosse*)

DOUTOR: Essa tossinha...

ELISA: Aqui eu mal tenho tido ocasião de trocar ideia com alguém... a não ser com o senhor, isso é verdade, no tempo de meu marido...

DOUTOR: Nunca vi uma enfermeira tão abnegada... mas desses dias não lhe devem ter ficado saudades...

ELISA: Por quê?

DOUTOR: Noites mal dormidas... impertinências aturadas... vigilância de todos os minutos... um inferno!

ELISA: Como se engana! Um paraíso, em comparação da saudade que ficou. Depois, ao menos, naquele tempo de sacrifícios e de sustos, eu me sentia amada por alguém... oh, não me obrigue a falar, doutor, não me obrigue a dizer coisas que eu não quero dizer... realmente... conversar comigo... para que? Eu já perdi o hábito da conversação, se é que o tive alguma vez...

DOUTOR: Bem, mas eu não lhe peço que me conte os seus segredos, mas que me fale da sua saúde...

ELISA: Uma e outra coisa estão tão ligadas... (*tosse*).

DOUTOR: Tenho-a ouvido tossir...

ELISA: É nervoso...

DOUTOR: Deve ser. Mas, diga-me: não sente mais nada?

ELISA: Sim.

DOUTOR: O quê?

ELISA: Uma tristeza imensa! Às vezes parece que me sufocam, que todo o meu sangue está desfeito em lágrimas, aqui, na garganta... depois, passa, como tudo que é cisma, e eu fico boa... mas irritada... impaciente... não sei como!

DOUTOR: E... febre?

ELISA: Talvez... ao cair da noite... uns arrepios... a sensação de mudar de pele, como as cobras... (*ri*)

DOUTOR: Continua a habitar o mesmo quarto em que morreu seu marido?

ELISA: O mesmo.

DOUTOR: Diga-me: em solteira...

ELISA (*mudando para um tom leve e alegre*): Em solteira eu era forte e alegre; estudava meu curso na Escola Normal e as fadigas de espírito, que atormentavam as minhas colegas, pareciam-me leves a mim. Quer que lhe diga? Eu estava até muito convencida de ser inteligente e de pela minha inteligência chegar um dia a ser alguém! Estudava, estudava, estudava, com o sentido nos meus exames, e os meus exames animavam-me a prosseguir na carreira com verdadeiro entusiasmo. Imagine: no fim estava a minha independência, o meu futuro assegurado... uma escola risonha, muito asseada, muito disciplinada, cheia de crianças inocentes a quem ia servir de mãe espiritual... Oh! Eu tinha uma verdadeira vocação para mestra! (*suspira, muda de tom*). Faltava pouco tempo para completar o meu curso quando me casei... Meu marido opôs-se a que eu continuasse a estudar... (*baixo*) Foi um desastre... (*outra vez alegre*). Fale-me do meu tempo de solteira, doutor, se me quiser ver rir! (*ri-se, tosse*).

DOUTOR: Mas por que não completa esse curso agora que está livre? Seria pelo menos uma distração...

ELISA (*pensativa e grave*): Seria um crime. (*pausa*) A minha saúde não me permitirá nunca mais conviver com crianças... ah, eu não me iludo, nunca mais... (*fica com o olhar perdido no vácuo, com expressão dolorida. O Doutor disfarça a sua comoção).*

DOUTOR: Permite-me que a ausculte?

ELISA: Para quê? Não acha justo que eu tivesse herdado alguma coisa do meu marido? **DOUTOR**: Não a supunha tão irônica...

ELISA: Pois é um dos característicos da moléstia, doutor...

DOUTOR: Característicos!... Característicos!... não seja criança e deixe-me examiná-la (ouve-se uma voz dentro).

RITA (*dentro*): Elisa!

ELISA: Bem vê que não tenho tempo. Estão me chamando...

DOUTOR: Todos a querem. Se não for por si, ao menos pelos outros, deve ter cuidado com a sua saúde...

ELISA (*com ironia e amargura*): Os outros!

DOUTOR: Sim, os outros, que a estimam e a não dispensam. Mas tenha paciência, conduza-me para qualquer outro lugar onde eu a possa consultar à vontade.

ELISA: Sabe bem o caminho do meu quarto – aquele corredor muito comprido, por onde a todas as horas me parece acompanhar o corpo de meu marido... (*faz um gesto de arrepio*). Vai ouvir no meu peito os mesmos segredos que ouviu no peito dele... não lhe gabo a curiosidade! Ao menos prometa-me não ficar triste! (*ri-se*) Promete?

DOUTOR: Que imaginação! (*saem ambos conversando pela esquerda. Um instante de silêncio, a cena fica vazia por alguns segundos, depois ouvem-se risadas dentro, à direita, de Rita e Bemvinda. D. Clementina entra, desce à mesa de trabalho, remexe os papéis e costuras, até achar os óculos, que põe no nariz e torna a sair*).

CENA VI

RITA, BEMVINDA, depois **D. CLEMENTINA**.

RITA (*dentro*): Não!

BEMVINDA (*dentro*): Então fico zangada!

RITA (*entra correndo*): Podes ficar.

BEMVINDA: Ou tu me deixas ler essa carta, ou eu vou para casa de meu pai!

RITA: Podes ir!

BEMVINDA: Má! (*lutando por tirar-lhe a carta*).

RITA: É segredo.

BEMVINDA: Ora essa! Por isso mesmo é que eu quero ler!

RITA: Uma carta de amor só pode ser lida por quem a recebe. Fica sabendo!

BEMVINDA (*com ar de desprezo*): Fraco amor, o que não tem necessidade de uma confidência!

RITA: O meu é forte como o Destino!

BEMVINDA: Isso vem aí no papel!

RITA: Como é que sabes?

BEMVINDA: Sabendo... e agora acabou-se. Já perdi a curiosidade (*senta-se amuada*). Que bem me importam os teus amores!

RITA: Pois agora sou eu que quero saber. Como foi que adivinhaste?

BEMVINDA: Adivinhando.

RITA: É impossível!

BEMVINDA: Para mim, essa palavra não existe.

RITA: Ah, não? Então casa-te com o Maurício...

BEMVINDA: Da melhor vontade. Só há uma dificuldade: é que ele ainda não se declarou! Não sei o que está esperando... pois não é por falta de eu lhe proporcionar as ocasiões... apesar de tudo, tenho tanto medo!

RITA: Medo?!

BEMVINDA: E um desejo doido!...

RITA: Na verdade, neste mundo não há nada melhor que uma declaração de amor!

BEMVINDA: Ias contar hoje a do Luiz, quando titia chegou... conta agora, que estamos sós! O Luiz é um rapaz de tanto talento... deve ter dito palavras lindas!

RITA (*com enlevo*): Disse!

BEMVINDA: Eu imagino! Ele é poeta!

RITA: Um grande poeta!

BEMVINDA: Falou em verso? Como foi?

RITA: Eu te conto. (*olha em roda para verificar se estão bem sós, põe-se em atitude apaixonada e depois de se fazer um pouco esperar*) - "Eu gosto muito da senhora!" (*com mais veemência*) "Eu gosto muito... muito da senhora!" (*fica-se em êxtase*).

BEMVINDA: Só?

RITA (*ainda em êxtase*): Só...

BEMVINDA: E tu... que lhe respondeste?

RITA: Nada...

BEMVINDA: Que eloquência!

RITA: Que perturbação!

BEMVINDA: Então, o negócio é mais fácil do que eu supunha. E a cara dele?

RITA: Não sei... tremi... corei... fechei os olhos... (*arremeda o gesto, pausa*) e, quando os abri...

BEMVINDA (*que tem tirado sorrateiramente a carta do peito de Rita*): Já a Bemvinda estava com a carta na mão! (*foge rindo, Rita persegue-a*).

RITA: A minha carta... eu quero... a minha carta!

BEMVINDA (*sempre defendendo a carta*): Podes querer!

RITA: Má!... (*persegue Bemvinda, entra D. Clementina*) Foi uma traição! Má!...

D. CLEMENTINA (*com uma costura que vem pôr sobre a mesa*): Que é isso, meninas?

RITA (*parando*): É brincadeira, mamãe.

BEMVINDA: Não é tão brincadeira, titia, quer que lhe conte? (*Rita faz um gesto súplice, riem-se*).

D. CLEMENTINA: Dispenso... pois só o que lhes digo é que vai chover e não vem cá ninguém. Mal empregado jantar. E o doutor?

RITA: Que doutor?

BEMVINDA (*repentinamente triste*): É verdade!

D. CLEMENTINA: O Dr. Seabra que veio examinar a Elisa.

RITA: Eu não sabia. Mas ele aí vem, olhe.

CENA VII

Os mesmos, o **DOUTOR**, depois **ELISA**.

D. CLEMENTINA: Bom, vamos a ver o que ele me diz...

DOUTOR (*cumprimentando Bemvinda e Rita*): Sempre unidas e...

RITA (*interrompendo-o vivamente*): E?...

BEMVINDA (*no mesmo tom*): E...?

DOUTOR: E formosas, pois que havia de ser?

RITA: Obrigada... (*faz uma cortesia graciosa*).

BEMVINDA: Obrigada... (*imita o gesto da prima e afastam-se ambas, rindo, para a janela, onde ficam cochichando*).

D. CLEMENTINA: Felizmente, estas vendem saúde... (*Doutor aproxima-se com ar grave e discreto de D. Clementina e fala mais baixo*).

DOUTOR: Pois, minha senhora... (*interrompe-se como a procurar os termos*).

D. CLEMENTINA (*um pouco impaciente*): Fale doutor, eu estou morta por saber a sua opinião. Como a achou?

DOUTOR: Pior do que eu esperava, infelizmente. O caso é delicado. Um dos pulmões está já quase perdido e o outro muito ameaçado... receitei... animei-a, mas sabe perfeitamente que estas doenças não se curam por intermédio da botica...

D. CLEMENTINA: E agora?... Que aborrecimento!...

DOUTOR: Agora é necessário fazê-la passar uns meses no Campos do Jordão ou em qualquer outro lugar de bons ares, e obrigá-la a seguir um regime de cura, muito severo...

D. CLEMENTINA: Não sei como há de ser... E a convivência com as outras?

DOUTOR: Toda a prudência é pouca...

D. CLEMENTINA: Tenho muito medo!

DOUTOR: E com razão. Precisamos arranjar agora uma enfermeira dedicada e experiente, que a acompanhe, caso... (*entra*

Elisa e ele disfarça). Pois não é nada... um pouco de cuidado e eu lhe mandarei da botica um xaropinho... amanhã ou depois virei saber notícias e hoje à noite, lá em casa, combinarei qualquer coisa com seu irmão... (*ronca a trovoada*). Temos mudança de tempo... e ainda preciso fazer uma meia dúzia de visitas... para certos doentes isso é uma coisa terrível... (*voltando-se para Elisa, que procura um livro na estante*). Senhora D. Elisa, não se esqueça das minhas recomendações: boa alimentação... largas estadias no jardim... passeios matinais e, sobretudo, muito sossego de espírito... (*Elisa faz com a cabeça que sim*). Senhora D. Clementina, minha senhora, sempre às suas ordens!

D. CLEMENTINA (*para Bemvinda e Rita*): Meninas! O doutor já se vai embora. Eu não sei o que elas tanto têm que se dizer o dia inteiro!

DOUTOR (*rindo*): Não é muito difícil de adivinhar...

BEMVINDA: Falávamos de modas.

ELISA: É mentira, mamãe. Falávamos a respeito dos nossos estudos. A Elisa tem-nos passado umas lições tão grandes! Tão grandes!

DOUTOR: Ah, a D. Elisa...

D. CLEMENTINA (*atalhando*): Entretêm-se às vezes lecionando história e aritmética à Ritinha.

RITA: Às vezes, não, mamãe. Todos os dias! E é uma senhora professora!

DOUTOR: Convém agora interromper essas lições, até que ela fique mais fortezinha... decreto férias!

RITA: Ouviste, Elisa?

ELISA: Ouvi.

RITA: Bravo, doutor! Em sinal de agradecimento, vamos acompanhá-lo até ao portão do jardim! (*olhando à roda*) Quem se quer incorporar ao precito[2]?

DOUTOR: Não, senhoras, não consinto. O tempo não está para manifestações dessa ordem!

2 Cortejo, procissão.

BEMVINDA: Ainda não chove. A trovoada é seca, mas ainda que chovesse a cântaros, iríamos acompanhá-lo com entusiasmo e gratidão! (*Saem rindo, ouvem-se as vozes no jardim irem diminuindo gradualmente de tom. Elisa tem-se sentado a ler e D. Clementina a coser*).

RITA (*fora*): Viva o Dr. Seabra!... (*risos*).

CENA VIII

D. CLEMENTINA, ELISA; depois **RITA** e **BEMVINDA.**

D. CLEMENTINA (*depois de um largo silêncio*): O doutor não lhe proibiu essas leituras?

ELISA: Não...

D. CLEMENTINA (*vagarosamente*): Pois admira... porque isso de ler muito só pode servir para prejudicar a saúde e atrapalhar as ideias.

ELISA: Passam-se semanas que eu nem pego num livro!

D. CLEMENTINA (*rindo-se*): Semanas! Não se passa um dia que eu não a veja ler!... falo para seu bem. Por mim pouco me importa que leia ou que deixe de ler...

ELISA: Obrigada... (*um intervalo de silêncio*).

D. CLEMENTINA: Sabe quantos ovos vieram hoje do galinheiro?...

ELISA: Não...

D. CLEMENTINA (*com estranheza*): Ora essa!

ELISA: Não os contei... não tive tempo.

D. CLEMENTINA: Foi pena... (*depois, resmungando*). Só eu tenho tempo para tudo... (*continua a coser e Elisa a ler, pausa*). O médico não a aconselhou a tomar ovos?

ELISA: Sim, parece que falou nisso...

D. CLEMENTINA: Parece!... parece! Se nem disso você tomar conta, estamos bem aviados! (*pausa*) E vinho?... quantas caixas temos ainda de vinho do Porto?

ELISA: Duas...

D. CLEMENTINA (*com espanto*): Só?! Parece impossível, senhores, nunca vejo ninguém aqui beber vinho do Porto e ele some-se... como por encanto! (*Elisa faz um ligeiro gesto de contrariedade; pausa. D. Clementina procura a tesoura, corta a linha e depois continua*) Tem recebido notícias de sua tia?

ELISA: Não... (*deixa cair o livro sobre os joelhos e fica meditativa*).

D. CLEMENTINA: No entanto, ela dizia-se tão sua amiga, hein? Vão lá entender essas coisas... (*Elisa sorri com ironia; pausa*) Sabe onde achei hoje a chave da despensa?

ELISA: Não...

D. CLEMENTINA: Em cima da mesa da cozinha, à disposição dos criados...

ELISA: Naturalmente, esqueci-me quando fui tirar o açúcar para o café...

D. CLEMENTINA: Esses esquecimentos são muito prejudiciais...

ELISA: É que eu estava pensando em vir acabar a blusa da Ritinha...

D. CLEMENTINA (*repreensiva*): Quando se faz um serviço, é bom não se pensar em outro.

ELISA (*nervosa*): Mas isso acontece a qualquer...

D. CLEMENTINA (*azedando-se*): Qual acontece! Olhe, eu seria muito vagarosa, mas o que lhe afirmo é que a mim nunca me sucediam desses desastres.

ELISA (*com ironia*): Nem todos podem ser perfeitos.

D. CLEMENTINA (*cada vez mais impaciente*): É por isso que agora nada chega. Só arrobas de açúcar vieram quatro esse mês! Quatro! É espantoso!

ELISA: Também é bom lembrar que se fizeram taxadas de doce para um semestre!

D. CLEMENTINA: Havemos de ver isso... um semestre! (*pausa*) Desde que não sou eu quem toma conta da casa, os gêneros voam!

ELISA (*impaciente*): Pois eu não os atiro pela janela fora!

D. CLEMENTINA (*irritada*): Também, era o que faltava!

ELISA: Talvez faltasse ainda alguma coisa!

D. CLEMENTINA (*levantando-se colérica e olhando espantosa para Elisa, que também se levanta*): Que mais pode faltar, faça o favor de me dizer?

ELISA (*desesperada*): Isto! (*arranca da cintura o molho de chaves e arremessa-o para cima da mesa. Entram Rita e Bemvinda, que observam tudo do fundo, com espanto*).

D. CLEMENTINA (*imperativamente, com desespero*): Basta de loucuras!

ELISA (*desafogando-se*): Não! Basta de humilhações. Não posso mais! Fique sabendo que a mulher de seu filho entrou nesta casa como pessoa da família e não para criada de servir. Desde o princípio eu percebi tudo, tudo!

D. CLEMENTINA: Mas é o que eu digo. Ela está doida!

ELISA: Não! Não estou doida, deixe-me falar! A verdade é esta. Seu filho era rico, e a senhora pensava que eu me tivesse fascinado pelo dinheiro, sem perceber que se algum de nós sacrificava alguma coisa ao outro era eu, eu, que por imposição dele interrompi os meus estudos, cortei o meu futuro, todas as minhas ambições! No entanto, a senhora lamentava que ele se tivesse casado com uma rapariga pobre e desconhecida...

D. CLEMENTINA: Mas isso é uma calúnia! Eu não disse nada a ninguém!

ELISA: Se não o disse, pensou-o; e de um modo tão claro que tudo percebi! Mais tarde, então, quando viram que o meu pobre marido estava tísico, tudo mudou; começaram a tratar-me com doçura, quase amorosamente, para animar-me a ser eu sozinha a enfermeira do tuberculoso! Mas, desde o momento em que ele fechou os olhos para sempre, deixei de ser uma utilidade, para voltar ao meu papel de outra, uma criatura estranha à família e por isso mesmo pesada e importuna... pouco a pouco, porém, foram achando jeito de aplicar-me em diversos serviços, com que eu pagasse o pão que comia. Ah, eu não estou inventando! Percebi tudo, e calei-me.

Passei assim a ser uma espécie de governante do lar em que de fato tinha fortuna, que eu não herdei, para herdar só a sua moléstia e o seu nome, que já agora entrarão comigo para o registro do hospital e para a vala comum de cemitério!

D. CLEMENTINA (*fora de si*): Mas ela não sabe o que diz.

ELISA: Sei! Olhe, por aquela porta, por onde entrei com meu marido num dia azul, sairei sozinha num dia de tempestade. Vim para a felicidade que não encontrei, vou para o imprevisto, que talvez me socorra! Não me olhem assim aterradas. Fiquem nos seus lugares. Eu volto para o meu, com a minha herança! (*Sai com um ataque de tosse pelo fundo, batendo com a porta. Há um instante de perplexidade*).

RITA (*correndo para D. Clementina, de mãos postas*): Mamãe... Mamãe! (*Ouve-se roncar a trovoada; ficam todas suspensas, com o ouvido à escuta*).

BEMVINDA (*corre à janela, depois de ter ido até D. Clementina, como à espera de uma ordem*): Elisa!... Elisa!...

D. CLEMENTINA (*deixando-se cair numa cadeira, com o rosto alterado, e o olhar fixo no retrato do filho*): Meu filho... meu filho... eu não tive culpa...

BEMVINDA (*à janela*): Elisa!... Elisa!...

(Cai o pano)

NOS JARDINS DE SAUL

EPISÓDIO BÍBLICO EM UM ATO

NOS JARDINS DE SAUL

POR ALBERTO NEPOMUCENO

O coro inicia o canto e vai
Se afastando sempre e sempre
até perder-se ao longe.

PERSONAGENS

Merob - filha de Saul
Zagala
Marta
Abigail - serva
Sara - serva
Sarvia - serva
Jesrael - serva
Orfa - serva
Tamar – serva
Davi
Siba - escudeiro de Saul.
Um guarda
Guardas - coros.

Música de Alberto Nepomuceno.

ATO ÚNICO - CENÁRIO

A cena representa uma parte agreste dos jardins de Saul. A D. do espectador uma fonte, de que se vê correr a água; entre pedregulhos ao redor da fonte, um rebordo de aparência modesta, para pouso dos cântaros, e que pode também servir de assento. A D. da fonte (a fonte de Magron) vê-se uma romãzeira pintalgada com as suas lindas flores vermelhas, que se debruçam sobre a água. A E. do espectador, um banco rústico, feito de pedras, disposto em dois planos diferentes, como dois degraus, ficando o mais baixo mais para o centro, e não comportando nenhum deles lugar para mais de uma pessoa. Ao F. os muros e fundos do palácio de Saul, ladeados por duas alamedas que comunicam os jardins com as estradas. Anoitece. Ouve-se ao longe o coro a seco dos levitas de Davi. Ambiente de calma e de poesia. Depois do levantar do pano, a cena permanece por algum tempo deserta, para melhor efeito da música. Entram então as servas, primeiro umas, depois outras, em grupos. Vestem túnicas de mangas largas, manto curto pela cabeça, deixando ver o cabelo na frente; trazem argolões de ouro nas orelhas e nos braços e alpercatas nos pés.

ATO ÚNICO

CENA I

ABIGAIL, JESRAEL, SARVIA, SARA, ORFA e TAMAR

*(*Orfa *entra sozinha e vai silenciosamente encher a sua bilha à fonte; instantes depois entram as outras, todas pela alameda da* E.*)*

TAMAR *(com embevecimento)* — Como é lindo o canto dos levitas de Davi!

JESRAEL — E que tarde maravilhosa!... *(ouvem a música).*

ORFA *(quebrando o êxtase)* — É encher os cântaros e voltar depressa, que o caminho é comprido!

ABIGAIL — E a noite aí vem...

JESRAEL — A Lua nos fará companhia.

ORFA — Nas noites de lua cheia é que as sombras passeiam pelas estradas...

TAMAR — Às vezes elas são compridas como as palmeiras, outras rasteirinhas como anãs... e movem-se de um lado para o outro com uma agitação!... Ainda ontem à noite, apagada a candeia, fiquei-me a fiar com a mãe, perto da porta, quando de repente, levantando os olhos, vi passarem as sombras de duas mulheres abraçadas. Uma era alta, outra pequena... Tremi de medo... *(pausa)* Eram com certeza as sombras de Ruth e de Noemi.

JESRAEL — Como pode a gente do país de Moab projetar a sua sombra nas areias de Galaad? Dize, Tamar.

TAMAR — Elas já não são do país de Moab, mas do país da Morte... Eu tenho visto coisas de me porem a carne arrepiada!... *(gesto de estar transida).*

ABIGAIL *(que tem pousado o cântaro na fonte, olhando para trás)* — Quem anda à noite por esses caminhos não são figuras inconsistentes. É Merob, mulher de Mulatita, mais a sua serva perfumadeira. Foram elas que passaram peta tua casa, Tamar!

ORFA — Dizem que ela chora a sua esterilidade, como Sara e Ana choraram a sua antes de serem mães. *(Entram Sarvia e Sara).*

JESRAEL — E também que despreza os vestidos vermelhos e dourados da gente poderosa, e anda sempre envolvida em véus brancos... Por que será?

SARA *(que tem ido à fonte e molha a mão na água)* — Como a água está fria!

TAMAR *(para Jesrael)* — Até já foi ao monte Efraim, consultar a sacerdotisa Débora, que a desiludiu!

ABIGAIL — Por isso o marido procura outra mulher, que lhe dê filhos...

SARVIA — Pois por ter filhos, o meu senhor procura outra mulher, que os não tenha!

ORFA — Por isto ou por aquilo, eles sempre gostam de variar...

SARA *(ainda na fonte)* — Os homens são terríveis...

ABIGAIL — Abner sovava a primeira mulher como nós o pão. Com esta, agora, tem mais cuidado, porque é general do rei!

JESRAEL — Não te esqueças, Abigail, que estamos nos jardins de Saul, e que podem ouvir as tuas falas!

ABIGAIL — Não há por aqui senão sapos e sardoniscas[3], e estas bem pouco se importam com o que eu diga, ou deixe de dizer.

SARVIA *(que tem estado sentada, com a mão no queixo e a bilha aos pés, a ouvir as outras)* — Por que consentirá ele, que é tão austero

---

3 Lagartixas.

e zangado, que a filha ande como uma vagabunda pelos campos, a horas mortas da noite?...

ABIGAIL — Merob faz o que entende porque é protegida por Samuel de Ramata e querida por Davi. E que pode a cólera de Saul contra a palavra de Samuel e a música de Davi?

SARA *(como para si, com admiração)* — Ele é ungido do Senhor, e matou o gigante Golias! *(Pausa).*

ORFA — E vai casar com a filha mais nova do rei!

ABIGAIL e **TAMAR** *(impondo silêncio)* — Psiu!... Psiu!...

SARA *(para si, enamoradamente)* — Como é formoso, Davi!

JESRAEL — O meu cântaro está cheio. Enche agora o teu, Sarvia.

SARVIA — Deixa-me descansar. Ao menos enquanto a gente está na fonte, não carrega pedras!

ORFA — Não tens medo que venha por aí o escudeiro do rei, e nos faça sair a correr?

SARVIA *(sempre sentada)* — Siba?! Que me importa? *(pausa)* Quem eu quereria ver, era Merob... Nunca a vi. Nem de longe... Ela é bonita ao menos, Abigail?

ABIGAIL — É singular. Tem o olhar diferente do das outras mulheres. É alta. Branca como os lírios do Eufrates, e traz as mãos cobertas de anéis...

JESRAEL — O véu que a cobre é tão fino, que nenhum tear de Jerusalém seria capaz de fazer outro igual...

ABIGAIL — Dizem que no palácio ela mal fala às pessoas que a rodeiam; e, no entanto, cá fora faz parar as moças que andam a laborar, e pergunta-lhes coisas esquisitas... A mim, quando eu voltava ontem do campo de Jônatas, sobraçando um feixe de feno, fez-me parar, pôs-me no queixo a mão, ergueu-me a cara para diante da sua, assim, *(imita o gesto, pegando no queixo de Orfa)* mergulhou os seus olhos nos meus até ao fundo do coração, esteve assim um bocado, e depois perguntou-me: "Tens mãe?" Como eu lhe respondesse que sim, voltou-me as costas e continuou o seu caminho.

SARVIA — Já fez a mesma pergunta a Ester, filha de Heli...

ABIGAIL — Toda ela rescendia a cinamomo e a nardo. Mas vamos, moças! O meu noivo espera-me junto à cerca das rosas, e prometeu trazer-me hoje favos de mel e pasta de figos secos.

SARA *(olhando para a água)* — A água corre devagar...

JESRAEL *(sorvendo o ar)* — E como o ar cheira bem!

SARVIA — Também eu gosto de pasta de figos secos; e não tenho quem me dê...

TAMAR — Arranja um noivo!

ORFA — Ontem, aquela moça aloucada, que anda por aí, saltou ao pomar de Saul e roubou-lhe os melhores figos. Siba correu atrás dela, mas com tamanha infelicidade, que tropeçou numa pedra e foi de fuças ao chão! A pequena livrou-se, às gargalhadas. Mas o Siba é que ficou furioso, e jurou matá-la se ela voltar. Eu muito gostei de o ver cair! Quando se levantou do chão estava da cor daquelas flores *(aponta a romãzeira).*

JESRAEL — Da romãzeira de Saul...

ABIGAIL *(no centro da cena, espreguiçando-se)* — Siba não perdoa. É o melhor cão de

guarda do canil do rei!

SARVIA — Tens sono?

ABIGAIL — Levantei-me com as estrelas, para ajudar a mãe...

SARA *(que tem ido a escutar, à alameda da* E.) — Andam à bulha, no jardim do palácio...

ORFA — Devem ser gritos da mulher de Abner, por tê-la apanhado o marido a beijar... *(termina a frase ao ouvido de Abigail, que sorri).*

JESRAEL *(curiosamente)* — A quem?... A quem?...

TAMAR — Não! *(o barulho cresce)* São antes as mulheres cantando e dançando *(canta e dança)* em frente-do palácio: "Saul matou mil! Mas Davi matou dez mil filisteus!"

ABIGAIL — Cala-te, Tamar!

CENA II

Os mesmos, **ZAGALA** e depois **SIBA** e alguns guardas

ZAGALA *(entra correndo, sobraçando no regaço flores e frutas roubadas; procura onde refugiar-se. Vem desgrenhada, com as vestes rotas, mais suspensas de um lado que de outro, e com um surrão a tiracolo. Procurando refúgio, exclama, estonteada com desespero, invocando o céu)* — Senhor! Transformai-me em planta, em pedra, em pó! *(vendo as moças, depois de olhar em torno)* Moças de Galaad! Escondei-me, que ele aí vem, mais os seus cães ferozes! *(vendo a hesitação das raparigas)* Pelo amor de vossos pais!...

JESRAEL *(para Abigail)* — O Siba matá-la-ia... Disfarcemo-la. *(ouve-se dentro o latir dos cães)* Que horror!

ABIGAIL *(tirando as arrecadas das orelhas)* — Depressa! Toma as minhas arrecadas!

ZAGALA *(pondo nervosamente os brincos nas orelhas)* — Eu te darei as rosas de Merob!...

SARA — E o meu manto... Toma-o! *(compõe-lhe o manto).*

ZAGALA — Eu te darei figos de Adriel...

JESRAEL — E o meu cântaro! *(dá-lhe o cântaro, enquanto Orfa puxa a túnica da Zagala até aos pés, e lhe esconde o surrão nas dobras do manto).*

ZAGALA *(para Jesrael)* — Eu te ungirei de nardo...

ABIGAIL *(pondo a bilha ao ombro, em uma atitude graciosa)* — Imita o nosso gesto!

ZAGALA — Eu vos levarei a todas a beber da fonte de Moisés! *(imita o gesto de Abigail. Entram os perseguidores; Siba na frente. Os outros guardas atrás. Um deles traz dois cães, presos por uma corrente).*

CENA III

Os mesmos, **SIBA** e os **GUARDAS**

SIBA *(que vem fazendo alarido com os guardas, entra furioso. Topando com as moças que rodeiam a Zagala para ocultá-la)* — Que fazeis aí todas, juntas num bolo? A confidenciar tolices, aposto! Vá! Respondei-me! Não vistes passar por aqui uma moça aloucada, com o regaço pejado de frutas?

ABIGAIL *(com ingenuidade)* — Nós, não...

SIBA — Ah, se mentis, vos farei a todas afogar nas águas do Jordão, com pedras ao pescoço!

TAMAR — Para que mentir? Que nos importa a nós uma ladra dos pomares, uma filha das ervinhas do chão?

SIBA — Eu sei lá do que sois capazes, vadias! Bem sei como encobris as faltas umas das outras. Fosse eu pai de uma de vós!... *(para os guardas)* Então! Por que vos pasmais aí atrás de mim, só porque eu paro? Andai! Procurai-a! Não pode andar por longe! Se a apanho, amarro-a e atiço sobre ela os cães! Pensa que é só saltar à vinha de Saul, e fartar-se nela, como se fora sua! E ainda sair a ganir risadas pelos caminhos fora. *(para Tamar)* Ela costuma andar para as bandas de tua casa, Tamar! Se tua mãe lhe der mutreco de carne ou gole de leite, terá de se haver comigo! Sabei todas que matar a fome daquela praga é um crime, porque ela é, nem mais nem menos que uma filha dos Filisteus! *(sussurro de surpresa entre as moças, em Ahs e Ohs abafados)* É o que vos digo!

SARA *(aparte, com pavor)* — Filha dos Filisteus! *(Os guardas, entretanto, desde a ordem de Siba, têm estado à procura da Zagala, exceto o dos cães, que permanece atrás do escudeiro).*

SIBA *(sempre irritado e agitando-se)* — Se escapar hoje, não escapará amanhã! Hei de arrancar-lhe a língua, para que não saboreie nunca mais frutas alheias, e furar-lhe os olhos, para que não cobice as flores do rei! Não se brinca assim com um escudeiro da minha ordem!... *(para as moças)* Mas para que vos juntais assim umas de encontro às outras, como ovelhas em curral apertado? Hein? Vá! Separai-vos!... *(as raparigas afastam-se timidamente umas das outras, ficando sempre a Zagala meio oculta)* Sarvia, que é da tua bilha?

SARVIA — Quebrei-a no caminho... Junto ao rochedo da Separação... Vinha a cantar com a Abigail, rolei nuns seixos... catrapuz... Dei com o corpo e a bilha em terra!

SIBA — E onde está o teu manto, Sara?

SARA — Encontrei um pobre a tiritar de frio... enrolei-o no meu pano.

SIBA — Mal andastes ambas! Se fosseis minhas filhas, caro pagaríeis o despropósito! Não foi para aquecer as costas leprosas de um mendigo tratante que tua mãe *(para Sara)* teceu o teu manto; nem para que Sarvia levasse água para casa na concha da mão que o pobre do pai lhe deu uma bilha!

UM GUARDA *(que vem da álea* D.*)* — Não encontrei nada...

SIBA *(voltando-se para o guarda dos cães)* — Será melhor soltar os cães, que são mais atilados e acabarão depressa com isto!

ORFA — Que medo!

JESRAEL — Não! *(o guarda hesita, curvado para os animais).*

ABIGAIL *(avançando)* — Siba! Os cães cairiam sobre nós, que somos inocentes, e Deus te puniria! Tem piedade! Lembra-te que estamos nos jardins de Saul, e a serviço dos nossos Senhores!...

SIBA *(para o guarda)* — Espera... *(para os outros guardas, que vêm também da álea da* D. *e olham para todos os lados)* Andais como bêbados, de um lado para o outro, e entretanto o tempo vai correndo. É só quem corre: o Tempo. E ninguém o apanha.

ABIGAIL *(com doçura, tentando domesticar a fera)* — Escuta, Siba. A cólera é cega; procura acalmar teu sangue. Essa moça, cabreira, ou lá que é, costuma ir dormir pelas bandas do Malatita. Enquanto a perseguias pela estrada a direito, ela torceu naturalmente pelo atalho das macieiras e os trigais de Jônatas!

SIBA — Sim, talvez... *(para os guardas)* Se em vez de irdes chamar-me, no que perdestes tempo, tivésseis soltado os cães e corrido atrás dela, já de há muito lhes teríeis cravado as unhas na carne! É vergonha que uma mulher saiba correr mais que os homens! Ah! Mas se esta é lépida como as cabras, eu sou teimoso e forte como os lobos! No fim há de se ver quem vence!

TAMAR — Vencerás tu, Siba. Vai procurar a filha dos Filisteus nos campos de Jônatas, e a nós, deixa-nos em paz...

SIBA *(para os guardas)* — Parti; rondai os campos de Jônatas e trazei-me a rapariga viva ou morta.

UM GUARDA — Mas se Jônatas se opuser?

SIBA — Dizei que ides ao mando de Saul, seu pai. *(Saem os guardas. Para as moças)* E vós, ide-vos por essas estradas sozinhas?

SARA — Iremos cantando, que a música é boa companheira.

SIBA *(com enfado)* — Oh, música, música! Já tenho os ouvidos cheios! *(Sai pela alameda da* E*).*

CENA IV

Os mesmos, menos **SIBA** e os **GUARDAS**

ABIGAIL *(que tem ido a ver se Siba se afasta, volta e diz à meia voz à* **ZAGALA**) —Ele chamou-te "Filha dos Filisteus!"

ZAGALA — Não!

AS MOÇAS *(acusando-a)* — Sim! Sim! Ele disse que és filha dos Filisteus!

ZAGALA — Deixá-lo falar! Siba quer morder o meu coração como eu mordi as maçãs de Saul... Eu não sou filha dos Filisteus... Sou filha de uma pedra e de um carvalho do monte Betel...

SARVIA — Impostora!

JESRAEL — Dize a verdade, ou gritaremos pelo Siba!

ZAGALA *(para Jesrael)* — Que te importa que eu seja filha de uma pedra, ou de uma simples pastora devorada pelos lobos? Quando eu trato das ovelhinhas que encontro abandonadas, não lhes pergunto: "Quem foi tua mãe?" Procuro minorar-lhes o sofrimento, e nada mais. A Natureza, que a criou a ela, criou-me a mim. Somos irmãs... *(quase chorosa)* A Verdade! A Verdade! Todos me pedem, ninguém me diz, a mim!... Toma os teus brincos, Jesrael... E a tua bilha... E o teu manto... *(restitui os objetos a cada uma das servas a que se dirige).*

SARA *(para as outras)* — Deixemo-la...

ABIGAIL *(para a Zagala)* — Se quiseres, e tens medo, vem dormir comigo.

ZAGALA — Não...

ABIGAIL *(para as moças)* — Então é encher as bilhas, e partir, que a noite caiu e minha mãe já deve estar com os olhos estendidos pelo caminho ...

ORFA — E a minha!

ZAGALA — Como sois felizes, vós, que tendes mães!

SARVIA — Para as ver trabalhar e para as ver sofrer!

ZAGALA *(com muita comoção)* — E para as beijar, e para as amar... E para que elas vos tivessem embalado em pequeninas... *(imita o gesto de embalar uma criança. Com outro tom).* Amanhã, a esta hora, encontrareis aqui na fonte de Magron, embaixo da romeira de Saul, favos de mel... framboesas... Agora, *(mais baixo)* se tiverdes ouvido esta noite latir os cães de Siba para estas bandas, ah, então... nada achareis.

SARA — Dize-nos ao menos o teu nome?...

ZAGALA — Não tenho. Sou a zagala[4] das cabras sem dono, dos bichos sem pai nem mãe! Quando os pastores atiram para o fundo dos vales as ovelhas gafentas ou os cabritinhos estropiados, desço a apanhá-los, trago-os para mim e torno-os nédios e lindos! É para eles que eu roubo as frutas e as plantas do Siba... Mas não digais nada, hein?! Não digais nada! *(pausa)* A estas horas, coitadinhos, devem estar a chamar por mim, com os seus balidos compridos!... Mas não irei, ah, não! Enquanto os guardas me procuram para os lados do Jônatas, eu passearei despreocupadamente pelos jardins de Saul!...

ABIGAIL — Fala baixo...

ZAGALA *(rindo e dando a Jesrael flores que tira de dentro do surrão, onde as tinha escondido à entrada de Siba e dos guardas)* — Toma! *(para todas)* Adeus, moças de Galaad! Vou passar a noite nos jardins de Saul! Vou assaltar a vinha do Siba!... *(sai, apregoando, pela alameda da D.)* Quem quer uvas doces? Quem quer uvas do rei?

4 Rapariga.

SARVIA — É louca.

ORFA — Que se livre da cólera de Saul, que anda enfurecido!

TAMAR — Por quê?...

SARVIA *(entre dentes)* — Despeitos...

ABIGAIL — Não diz todo o povo que Davi é guerreiro mais vivaz e mais justo do que o seu senhor? As próprias mulheres, nas eiras, cantando "Saul matou mil, mas Davi matou dez mil Filisteus" não fizeram Saul criar raiva contra Davi?

SARVIA *(tenebrosa)* — Até os reis têm inveja!

CENA V

Os mesmos e **DAVI.**

DAVI — Não deveis repetir o que diz o povo.

AS MOÇAS — Davi!

DAVI — Conversas de moças à beira da fonte devem tratar de outras coisas...

ORFA — Que havemos de dizer, nós, pobres ignorantes, senão o que ouvimos dizer aos outros?

DAVI — Falai de amor. Falai de amor, e dai-me água, que trago muita sede!... *(Senta-se na beira da fonte).*

SARA *(aproximando-se com timidez comovida)* — É verdade, Davi, que vais casar com Micol?

DAVI — Quem sou eu, para ser genro do rei?! (Sara *mostra-se contente com a resposta).*

TAMAR *(oferecendo a bilha)* — Bebe, Davi!

SARA — Como eu gostaria que nos contasses, por tua própria boca, a tua façanha com o gigante Golias!

DAVI — Depois... *(para as moças)* Quero sentir a minha sede mitigada por vós todas... Cada uma me dará um gole da sua bilha...

Começa tu, Sara... *(bebe)* Como a tua mão treme! Sabe a mel, a água do teu cântaro! Agora tu, Jesrael! *(bebe)* A tua água cheira à raiz do cardamomo... *(vai sucessivamente bebendo de cada cântaro).*

TAMAR *(para Abigail)* — Como ele é bom, que não desdenha de nós, e vem procurar-nos à hora da fonte! Pede-lhe tu também, para que nos conte a história do gigante...

JESRAEL *(dando-lhe as flores que recebera da Zagala)* — Aceita, Davi, para enramares a tua harpa...

DAVI — De que prado colheste estas flores, Jesrael? *(aspira-lhes o aroma).*

JESRAEL — Deu-mas uma mocinha tonta, que anda por aí...

TODAS *(impondo-lhe silêncio)* — Psiu!...

DAVI — Deixai-a falar, que tem? É ela bonita como tu?

JESRAEL — Muito mais! Tem os olhos negros como amoras, e o cabelo enrodilhado como as palhas de um ninho... Mas não digas ao Siba que a vimos!

DAVI *(continuando)* — Porque ele a perseguiria com os seus cães ferozes... Sei. Aquela moça de dia é esquiva como as corças, mas à noite assalta os pomares, e chega a entrar nos redis para roubar o leite às ovelhas. Ninguém a apanha. Deve estar investida do espírito maligno... *(rumor de susto entre as moças).*

SARA *(observando as outras)* — Ela pediu ao Senhor que a transformasse em planta, em pedra, ou em pó, e o Senhor não a ouviu!

ABIGAIL — Dize antes, Davi, que segredo é o teu para aplacares as fúrias e as cóleras de Saul?

DAVI *(levantando-se e entalando as flores no cinto)* — O segredo não é meu: é da música.

ORFA — Dizem que o rei quando se zanga basta um harpejo teu para sossegar... É verdade?

SARA *(súplice)* — Conta-nos tudo, Davi!

DAVI *(começando baixo e animando-se até entusiasmar-se)* — Sim... Saul é fácil em exasperar-se... Uma palavra, um gesto que o contrarie, e logo se põe desconfiado e sombrio, até enrubescer-se, inflar-se todo, até explodir em imprecações que atordoam a gente e fazem tremer o palácio... Ah! Fugiríeis como folhas secas no rodopio do vento se o vísseis às vezes como o vejo: as barbas agitadas, os olhos em sangue, as grandes mãos crispadas, a boca retorcida, e todo o corpo a crescer-lhe, a arder como uma fogueira na febre da raiva!... Porque o povo nos foi ao encontro quando voltamos da guerra, e as mulheres cantassem levianamente o que sabeis — Saul matou mil, mas Davi matou dez mil Filisteus! — pôs-se tão cheio de veneno e comido de rancores, que, indo eu a tocar um dia, ele pegou na lança e atirou-a *à* parede, no intuito de que ela me traspassasse o corpo antes de chegar ao fim.

SARA *(ansiosa)* — E tu?

DAVI — E eu com os olhos nele e as mãos na harpa, desviei-me para o lado, e senti a lança passar rente ao meu ombro... E foi como se não tivesse percebido nada: comecei a tocar e, à proporção que me ouvia, o aspecto de Saul se transformava. A cor de brasa das suas faces entumecidas tornava-se doce e branda, os cabelos da cabeça e da barba, de revoltos, irritados e ásperos, descaíam, enlanguescidos e mansos; toda a rede dos seus nervos e músculos encordoados se distendia serenamente; e no olhar duro e seco, em que aparecera uma vontade desvairada de amaldiçoar, de ferir, de fazer sofrer, derramava-se pouco a pouco uma onda de ternura e de bondade... Eu a tocar e ele a ouvir, esquecemo-nos ambos do mundo e do tempo. O Senhor desce ao meu coração quando toco, derrama-se no meu sangue, palpita nas minhas veias, faz-se o ar que respiro, o pensamento que me exalta o cérebro, o som que me entra pelos ouvidos e é criado pelos meus próprios dedos, no anseio de realizar a irrealidade! Investido pelo Senhor, a minha música é um sopro divino; e Saul, dominado por ela, escuta a voz de Deus na minha harpa... *(pausa)* Assim todas as suas lanças se hão de cabrar[5] quando ele as desferir contra aquele que o livrou do gigante do Get!

SARA *(embevecida, a meia voz)* — Conta, conta, Davi!

DAVI *(ouvido pelas moças com comoção religiosa)* — Ele tinha seis côvados[6] e um palmo de altura. Cobria-lhe a cabeça um enorme capacete de cobre, tão reluzente como a couraça de escamas, de

---

5 Mudar o rumo.

6 Medida de comprimento usada por civilizações antigas e que equivalia ao tamanho do antebraço, aproximadamente 45cm.

peso igual ao de cinco mil ciclos, que lhe cingia e defendia o tronco. De cobre eram também as botas, que lhe subiam até aos joelhos, e o escudo que trazia na mão, mais a haste da lança, ainda maior que o órgão de um tear. Assim o vi caminhar, como uma torre que se pusesse a andar na vastidão estupefata do campo. Quando se voltou para os esquadrões de Israel, os seus olhos fuzilavam, no alto, como relâmpagos; e da caverna escura da sua larga boca saiu-lhe a voz, tonitruando injúrias: "Quem sois vós" — gritou — "para ousardes sequer erguer a vista para mim? Por acaso não sou eu um Filisteu, e vós todos miseráveis servos de Saul? Que mereceis, lama israelita, senão que eu vos calque com meus pés e vos faça desaparecer da face da terra, criada só para o gozo da minha raça forte e poderosa?" Ninguém respondeu. E ele, então, com esgares de escárnio, desafiou: "Vá! Escolhei, se a tanto vos atreveis, um homem dos vossos que se venha bater comigo, só por só!" E, como todos tremeram, como todos fugiram, eu fiquei só, e não tremi. "Tu, tão pequeno?!" — exclamou ele a rir. — "Cuspindo com desprezo para o chão." "Não há homens pequenos nem há homens grandes, há homens corajosos e homens pusilânimes", respondi com arreganho maior. E comigo pensei: — O Senhor, que tanta vez me livrou das garras dos ursos e dos leões, quando menino pastor eu conduzia os meus rebanhos, me assistirá também a esta hora. Sem o costume das armas, escolhi depressa a meus pés cinco pedras limpas, meti-as no meu surrão, e segurando bem a minha funda e o cajado, segui a direito para o Filisteu. E ele escarneceu ainda de mim, dizendo: "Sou eu acaso algum cão, para me quereres bater com um pau?" Deitei por terra o cajado. E ele vociferou então maldições contra os meus deuses. Depois, brandindo a lança, gritou com um vozeirão: "Atreve-te, cão israelita! Chega-te para mim, se és capaz! E eu lançarei as tuas carnes ainda quentes às aves do Céu e às bestas da Terra!" Em um relance, vendo-o investir contra mim, recuei um passo, arqueei o corpo... dei volta à funda... *(imita os gestos que descreve)* e arrojei-lhe uma pedra à cabeça. A pedra cravou-se-lhe na testa, e ele caiu de borco no chão. Estava morto.

AS MOÇAS *(com entusiasmo)* — Belo! Belo! Davi!

DAVI *(caindo em si, e mudando de tom)* — Mas isto não são falas que se digam a moças, na beira da fonte... *(aspirando as flores que tira do cinto)* Como são cheirosas as tuas flores, Jesrael!

SARA — Fê-las Deus para ti!

CENA VI

Os mesmos e **SIBA**

SIBA — Davi, Micol pede-te para ires abrandar a cólera de Saul seu pai, a quem más novas vindas da cidade de Nobe puseram fora de si... *(com intenção)* Jônatas está ao lado do rei...

DAVI *(para Siba, e depois para as moças)* — Eu vou... Que a boa Lua vos acompanhe nos caminhos de casa, que não há candeia melhor!

JESRAEL — Adeus!... (*Sara limpa os olhos nas mangas; todas as moças se voltam enternecidas para Davi, que sai à D. dizendo lhes adeus com gestos).*

SIBA *(depois de contemplar a cena com ar de desdém)* — Está muito bonito! Enquanto as pobres das mães fazem estalar as bochechas de tanto assoprar o lume, ou entorpecem os dedos na áspera faina de fiar o linho, deixam-se as filhas ficar horas e horas na fonte a conversar e a mandriar!... Deixem-se estar, que eu irei de porta em porta dizer como passais o tempo na fonte de Magron, súcia de vadias! *(As moças não respondem, e voltam as costas a Siba, que sai com um gesto de ameaça).*

CENA VII

Os mesmos menos **SIBA**, e mais **MEROB** e **MARTA**

(Entram Merob e Marta, à E. *As moças, ao vê-las, encolhem-se pelos cantos).*

ABIGAIL *(baixo para Sara)* — É Merob, a filha do rei, e Marta, sua serva.

SARVIA *(com satisfação)* — Enfim!

MARTA — Que estranha fantasia, Merob, a de vires para este lugar a estas horas! O rumor da água aumenta o pavor da solidão. De todos os cantos dos jardins de Saul, é do que eu gosto menos!

MEROB — E é do que eu gosto mais!

MARTA — É aqui que as servas vêm à noitinha encher os seus cântaros.

MEROB — Como as invejo!

MARTA — Fala baixo, *(olhando em roda)* ainda não se foram todas embora.

MEROB — Quero vê-las! *(para si)* Quem sabe?...

MARTA — E não nos devemos nós ir também? É esquisito que tanto gostes de andar por sítios agrestes e solitários.

MEROB — É na solidão que eu não estou só. Não percebeste ainda como me sinto isolada, quando no meio de muita gente?

MARTA — Queixam-se todos da tua concentração e do teu silêncio...

MEROB — É no silêncio que escondo o meu ódio e o meu sofrimento.

MARTA — Disfarça...

MEROB — Disfarça? É por tanto ocultar o meu sentimento da luz do Sol, que o refugio na sombra! Só à noite e a ti, minha fiel, posso eu confiar o meu desgosto... Era aqui, lembras-te? Que na minha meninice eu me vinha enfeitar com as flores da romãzeira e mergulhar as mãos na água fria...

MARTA — Vamo-nos embora...

MEROB — Estamos perto do palácio. Que medo podes ter, dize?

MARTA — Não sei... *(As moças começam a sair pela álea* E*).*

MEROB *(interrompendo os passos de Tamar, que vai a sair, depois de o terem feito Abigail e Sara)* — Para quem levas essa água?

TAMAR — Para o meu senhor.

MEROB — Como te chamas?

TAMAR — Tamar.

MEROB — Tens um lindo nome! Pousa a tua bilha no chão. (**TAMAR** *pousa a bilha. Merob põe-lhe a mão no queixo, aproxima-lhe o rosto do seu, e olhando-lhe bem para os olhos)* Tens mãe?

TAMAR — Não...

MEROB — Não a viste nunca?

TAMAR —Nunca... *(sai Orfa).*

MEROB — Não há quem não tenha conhecido a mãe, ao menos em pequenina...

TAMAR — Eu não a conheci...

MARTA — Merob!...

MEROB — Deixa-me. *(para Tamar)* Conta-me a tua vida...

MARTA — Esta gente não sabe exprimir-se.

MEROB *(buscando auxiliar Tamar)* — Enjeitaram-te, talvez...? Puseram-te como a Moisés à beira d'água, nuazinha e a tremer, numa noite de Lua?... Quem te apanhou e acalentou, te deu o seio e te fez mulher?... (*Tamar hesita)* Responde!

MARTA — Que dizia eu?

TAMAR *(narrando com simplicidade)* — Minha mãe era uma mulher de Ramata, filha de Edem, mulher de Jadin. Tinha eu dias de nascida, quando, saindo ela uma tarde a juntar gravetos, um raio a matou (*Merob desinteressa-se da moça, que desapontada pega a bilha e sai. Uma a uma têm saído as raparigas. Fica apenas Sarvia, na fonte).*

CENA VIII

MEROB, MARTA e SARVIA

MARTA — Desvia o teu pensamento dessas ideias. Saul começa a voltar-se contra ti, Merob!

MEROB — Não me chames Merob. Dize antes Mara, que significa amargura.

MARTA — De tanto cultivares a tristeza, tu a tornas maior! Reage, e aprenderás a sorrir.

MEROB — Sorrindo, aprendi a sofrer.

MARTA — Eu sei...

MEROB — Não. Tu estavas no monte; não sabes tudo... Olha, foi neste lugar que em uma tarde de verão meu pai mandou vir à sua presença um prisioneiro filisteu, para que nos divertisse a todos com as suas danças. Armaram-se dois servos com lanças, para lhe espicaçarem os pés quando cansasse... Eu ria-me, entre meus irmãos, antegozando os saltos e os gestos grotescos do inimigo, algemado de ferros... Mas quando ele entrou, pus-me séria. Um sentimento novo de piedade e de respeito despontou subitamente em mim. Ele era lindo: alto, esbelto, de um moreno suave, e tinha, apesar de algemado, as atitudes de um deus... Mandaram que dançasse. Dançou. E a cadência dos seus passos tinha um ritmo novo, uma dolência que era ao mesmo tempo viril e amorosa, forte e lânguida...

MARTA — Pesavam-lhe os ferros...

MEROB — Pesava-lhe o coração... Em um dos seus volteios, os seus olhos se encontraram com os meus: eram negros como a treva... Eram quentes como o Sol! (*Sarvia presta o ouvido).*

MARTA — Para que recordar?

MEROB — Recordar é reviver... *(Pausa. Suspiro)* E o prisioneiro de meu pai foi posto a cavar a vinha e a tosquiar ovelhas. Acostumado a lidar com espada e lança pelo seu rei, foi constrangido a trabalhar como um simples servo... Ele era lesto e airoso. Eu era linda e jovem. A sua voz era persuasiva... Os meus ouvidos ávidos de harmonia... *(baixo e comovida)* Foi assim que nos amamos...

MARTA — A água que passa não volta atrás. Olha para diante, Mara, olha para diante!

MEROB — Para que fez Deus então a saudade, senão para olharmos para trás? Eu ainda não te disse que à noite, envolta nos véus maternos, eu saía para a vinha, devagarinho... devagarinho... E ia ter com ele!

MARTA *(cautelosa)* — Cala-te, que ainda há uma rapariga na fonte, e pode ouvir-te!

MEROB — Chama-a!

MARTA — Pois já não basta?

MEROB *(insistente)* — Chama-a!

MARTA *(indo a Sarvia, que continua de costas)* — A tua bilha deve estar transbordando!

SARVIA — A água que foge não se perde. Mete-se pela terra de onde veio. É como a queixa de quem não tem quem a escute.

MARTA — Por que não foste com as tuas companheiras?

SARVIA — As minhas companheiras são as pedrinhas do chão e as estrelas do céu!

MEROB — Que estranhas falas tens!... Dize-me, tens mãe?

SARVIA — A minha mãe é serva como eu, e anda a esta hora, já moída de trabalho, a acender o lume para a ceia. É uma triste mulher, queimada de sóis e crestada pelas ventanias. Para não lidar com ela, a remexer cinzas e a coser trapos, é que eu me demoro a ver correr as águas da fonte; sempre é melhor. Ver trabalhar só é divertido quando quem trabalha é gente alheia, ou quando não tenhamos de nos misturar ao seu trabalho...

MARTA — É ociosa...

SARVIA — Não sei o que sou. Mas revolta-me *(dirigindo-se a* **MEROB***)* ver-te cheia de anéis e de colares e eu não ter nenhum!

MEROB *(tirando um anel)* — Se julgas que isso te possa dar a felicidade, toma.

SARVIA *(saindo)* — Não quero. Amanhã o meu senhor me chamaria de ladra, e castigar-me-ia. Adeus! *(sai).*

CENA IX

MEROB e **MARTA**

MEROB — Como as almas andam desencontradas no Mundo!...

MARTA — É tarde, Merob. Voltemos, sim?...

MEROB — Deixa-me respirar aqui mais um momento.... *(lembrando-se)* Naquela tarde a romeira de Saul estava em flor... e a fonte parecia dizer coisas diferentes... *(enxuga os olhos, comovida).*

MARTA — Se choras, melhor é que fales... Contavas que à noite, envolta nos véus maternos...

MEROB — Eu ia ter com ele à vinha de meu pai... Viu-nos porém uma vez o escudeiro, e foi dizer a meu irmão que a rainha saía à noite para o luar... Quis Jônatas certificar-se, e quedou uma noite escondido entre os mortais do caminho... Vendo-me passar, não me reconhece a mim, mas reconheceu os mantos da rainha nossa mãe.

MARTA *(com repreensão e piedade)* — Mara!

MEROB — Não os quis ofender... Mas no outro dia o filisteu prisioneiro apareceu varado por uma lança no coração. E minha mãe, que nada sabia, não chorou; e eu me desfiz em pranto!... *(ouve-se dentro um harpejo e algumas notas de prelúdio numa harpa. Os sons morrem depressa e são atenuados pela distância. Merob, depois de uma pausa, comovida)* Não ouves?

MARTA — É a harpa de Davi, aplacando a cólera de Saul...

MEROB —E do infeliz prisioneiro tive uma filha, que não cheguei a ver, porque as servas de meu pai logo a deram ao escudeiro, para que a levasse, nuazinha, para os juncais de um pântano frequentado pelas feras!... *(com ardor)* Ah! Marta, Marta! Toda eu tremo ao lembrar-me! E adormecida ou desperta essa cena se reproduz terrivelmente na minha pobre imaginação! Maltratada, escondida, enfraquecida, eu tinha perdido o conhecimento de tudo. Mal saí do letargo, clamei: "Meu filho! Eu quero ver meu filho!" Um silêncio de morte respondeu ao meu grito. Quis erguer-me num desespero! As mãos de Saul pesaram-me sobre os ombros... Desfaleci... Ah, quanto tempo assim estive, oscilando entre a Vida e a Morte! Não sei... *(com horror)* Foi só depois que tudo me disseram!... *(pausa)* O escudeiro partiu a galope, no melhor cavalo da casa. Nem o amedrontou a hora avançada da noite, nem os perigos agrestes do caminho — que ia todo inebriado pela ação do seu crime... E assim chegou ele à margem da lagoa. Olhou. Tudo deserto! Por entre juncais e ninfeias, laivos azuis de luar feriam como agulhas a superfície da água pútrida. A criancinha tremia-lhe mas mãos, como um coração amoroso. Pouco lhe importou. Deitou-a de costas no chão, e voltou à rédea solta para o palácio... E a carne da minha carne, a vida da minha vida, ali ficou sozinha, entre lodos e lírios, entre sapos e perfumes *(gesto de arrepio)*. Ah! Eu ouço, ao ritmo de meu coração, o som abafado e macio, vagaroso e soturno do andar de um tigre... Ele aí vem! Ele aí vem... Cauda estendida, pescoço avançado, narinas aflantes[7], a farejarem a presa inesperada... E a voz da minha filha ergue-se da terra, num trêmulo vagido, como a pedir misericórdia à Lua impassível... Entretanto, a fera aproxima-se, e olha já de perto para o doce corpinho arroxeado: bafeja-o já todo, cheira-o, lambe-o, em uma volúpia prolongada... até que, de repente, o estraçalha com as garras, e o devora... Deleitosamente!... Ah! Eu tenho aqui *(aponta ora um ora outro ouvido)* e aqui, constantemente, alucinadamente, o ruído molhado dessa mastigação! *(esconde o rosto, horrorizada).*

MARTA *(com piedade)* — Talvez as coisas não se tivessem passado desse modo... Mas se assim foi, procura esquecer...

MEROB — Esquecê-la é matá-la mais uma vez. Não quero.

MARTA — Mas se ela foi o teu martírio?!

MEROB *(com eloquência)* — Se foi o meu martírio, foi também a minha glória!

MARTA *(admirada)* — Como assim?

MEROB — A minha maternidade!

MARTA — Pobre Mara! A tua maternidade não durou uma hora!

MEROB *(com arrebatamento)* — A minha maternidade encheu-me a vida toda! Ouve. Essa filha, que eu não conheci, é a única razão do meu orgulho de mulher, a única razão da minha vida! Seria loucura esperar que ela vivesse ainda; sei que do seu amado corpinho nem os ossos restam... E, entretanto, vês? Eu a procuro em tudo, em tudo a sinto! A Natureza inteira não é para mim senão a interpretação da sua vida. O rumor daquela água *(aponta a fonte)* traz-me um pouco da sua queixa. Este aroma de flores *(aspira o ar)* faz-me pensar na sua carne de jasmins, como o clarão das estrelas me faz pensar nos seus olhos e no seu sorriso... Ela está diluída no espaço, é a expressão criadora do amor universal, que em tudo brilha e se reproduz!

MARTA — Que imaginação!

MEROB — Mas não me basta esta certeza, oh, não me basta! *(olhando para os braços)* Eu tenho vergonha destes braços que não sentiram nunca o peso de uma criança!... E para que foram feitos

7 Ofegantes.

os braços das mulheres senão para erguerem até aos olhos de Deus a sua criatura? Crê, Marta: os braços das mães são as colunas que sustentam o Mundo... E os meus, feitos para o amor, permanecem inertes e inúteis...

MARTA — Por que te faria o amor culpado fecunda, e o legítimo te conserva estéril?

MEROB *(desorientada)* — Não sei! Não sei! Pois procurei a filha morta até nos beijos do marido que detesto!

MARTA *(repreensiva)* — Mara!...

MEROB — O que me vale é dormir; mas mal acordo, encho de carícias invisíveis todos os seres que possam errar por este Mundo sem pai nem mãe, e ponho-me a pensar: "Que tamanho teria agora a minha filha?... *(entra a Zagala mirando um cacho de uvas que traz suspenso na mão)* Seria assim desta altura?... Seria dócil?... Seria esquiva?... *(refletindo)* Agora já poderia andar com os meus vestidos..."

MARTA *(com intenção)* — E envolver-se nos teus mantos, quando quisesse sair à noite para o luar... *(pausa)*.

CENA X

As mesmas e **ZAGALA**

MEROB — Ela estaria entrando na idade do amor!

ZAGALA *(que traz o cabelo engrinaldado de parras e de uvas)* — Quando Siba acordar, não encontrará as suas uvas... Devastei a vinha do Siba... *(rindo e com um gesto à roda)* Quantas uvas pelo chão!... *(come uvas, sem ver Merob nem sua serva, que a fitam)*.

MEROB *(a meia voz)* — Quem é?...

MARTA — Não sei...

MEROB — Escuta... *(ficam de parte ouvindo)*.

ZAGALA — Ele quer matar-me... Pois que me mate, e que me enterre... *(olhando para o céu)* Estrelinha azul, que estás piscando para mim, lá das alturas, queres uvas doces?... *(atirando um bago para o alto)*

Aí as mando... Toma!... E vai outro bago para ti, estrelinha branca!... E outro para ti, estrela de ouro! *(atira sucessivamente vários bagos para o alto)* Embriagai-vos com as uvas de Saul, minhas irmãs!

MARTA *(aproximando-se)* — Quem és que assim falas, e andas só por estas horas?

ZAGALA *(depois de um sobressalto)* — Mais uma! Quem sou? Sou eu mesma!

MARTA *(advertindo-a com bondade)* — Isso não é resposta; repara que estás diante da filha do rei... *(aponta Merob)*.

ZAGALA — Quer mandar-me amarrar, a filha do rei, para me dar aos seus cães?... *(com desplante)* Pois aqui estou.

MEROB — Não te faremos mal; chega-te para mim. Como te chamas?

ZAGALA — Não sei...

MEROB *(sorrindo, e docemente)* — Não há ninguém que ignore o seu próprio nome...

ZAGALA *(impertinente)* — Eu.

MEROB — Dize-me ao menos o que fazes.

ZAGALA — Sou a pastora das cabras sem dono.

MARTA — E o teu senhor quem é?

ZAGALA — É Deus. Querem saber mais?

MEROB — Sim.

ZAGALA — Sou a ladra dos pomares, perseguida pelos servos e cães de teu pai! *(para Merob)* Gostam de uvas? Querem uvas? Aqui as têm... *(inclina a cabeça cheia de frutas)* São do jardim do rei!

MEROB — Não quero uvas, mas quero ver-te de perto...

ZAGALA — Não.

MEROB — Eu já te disse que não te farei mal.

ZAGALA — Promessas são como o visgo em que as aves ficam presas...

MEROB — Defender-te-ei do Siba e de seus cães...

ZAGALA — Não mentes?

MEROB — Não minto.

ZAGALA *(com confiança)* — Aqui me tens.

MARTA — Parece impossível que ela ande só. *(Olha em roda. Entretanto Merob, levantando o queixo da Zagala, fita-lhe os olhos).*

MEROB — Dize-me, tens mãe?

ZAGALA — Acho que não será preciso que toda a gente tenha mãe!...

MEROB — Sim, é. Onde se passou a tua infância?

ZAGALA — Junto a uma pedra cor da Lua e a um carvalho do Tabor...

MEROB *(comovida)* — Que mulher cuidou de ti e te amamentou em pequenina?

ZAGALA — A minha mãe era uma cabra cinzenta, que um maometano matou... Também eu atirei-lhe uma pedrada!

MEROB — Dize-me a verdade!

ZAGALA — Ainda!...

MEROB — Se soubesses! Eu ando procurando uma filha, que me tiraram em pequenina, e que seria agora assim, do teu tamanho... Não tens inveja das que têm mãe?

ZAGALA — Só uma vez. Doía-me a cabeça e eu não sabia onde encostá-la... Lembrei-me então de certas crianças que eu via ao colo de certas mulheres, e senti falta de um colo assim...

MEROB *(atrai a Zagala, acaricia-lhe os cabelos e fá-la sentar-se a seu lado no banco do plano inferior. A pouco e pouco, ajeita-lhe a cabeça sobre os joelhos enquanto fala. Marta vai sentar-se à beira da fonte, onde repousa as duas mãos, derreando a cabeça para trás, a olhar para o céu)* — Eu pentearei os teus cabelos com minhas próprias mãos... e levar-te-ei a dormir a uma cama suave... Fala-me de ti... Conta-me o teu passado... Dize-me a verdade...

ZAGALA — A verdade é destruidora. Criemos a ilusão.

MEROB — A ilusão, quem me dera!

ZAGALA — Tu procuras tua filha *(pausa)*. Tenho sono...

MEROB *(curvando-se para ela, com ansiedade)* — Repete!

ZAGALA — Eu procuro minha mãe... Encontramo-nos... Amemo-nos! *(beijam-se na boca).* Como é doce a tua boca!

MEROB *(como em agradecimento, olhando para o céu)* — Senhor!

ZAGALA — Minha mãe...

MEROB *(baixo, com infinita ternura)* — Faze-te pequenina... Quero ver-te crescer!...

ZAGALA — Para as mães carinhosas as filhas são sempre pequeninas... Faze...-me... dor... mir...

MEROB — A quem ouviste isso?

ZAGALA *(já quase a dormir)* — A um velho pastor, que havia no vale... de Aumont... E que me disse... uma vez: "conheci... tua mãe... Ela era pastora... e foi devorada... pelos lobos... e..."

MEROB *(num grito)* — Mentiu-te! A tua mãe sou eu!... *(a Zagala estremece, quer erguer-se. Mas Merob subjuga-a com doçura e a readormece, dizendo cheia de comoção)* Dorme... Dorme, meu amor! Eu velarei pelo teu sono... Eu velarei pela tua vida, minha filha, minha filha... Minha filha!...

(Cai o pano)

DOIDOS DE AMOR

PEÇA EM UM ATO

Personagens

Dr. Jaime — 35 anos, diretor de uma casa de saúde para loucos.

Antero Cortez — 27 anos, compositor e pianista.

Januário — porteiro, usa óculos.

Branca — 22 anos, mulher de Jaime.

Joana Teles — 18 anos.

Judith — criada de quarto.

DOIDOS DE AMOR

AÇÃO NO RIO DE JANEIRO - ATUALIDADE

Na casa de saúde, sala particular de **BRANCA**. É ao anoitecer. Cortinas claras; lâmpadas com quebra-luz de seda, muitas flores, muitas almofadas, bibelôs, mobília leve, tapetes, etc. DR. **JAIME** faz um cigarro sentado em um *puf.* Pouco depois entra **BRANCA**, vestuário de noite, elegante. Vem sobraçando um grande sobretudo. Porta ao F. e outra E. alta. Janela ou não.

CENA I

BRANCA *(entrando* E. A. *com sobretudo no braço)* — Aqui tens o sobretudo.

JAIME *(continuando a fazer o cigarro)* — O monstro.

BRANCA *(sorrindo)* — Que te prestou bem bons serviços.

JAIME *(mesmo jogo)* — Nos Alpes.

BRANCA — Não é razão para que não te preste aqui também. Está hoje um frio!...

JAIME *(sorrindo)* — Vinte graus...

BRANCA — Como tu dizes isso! Dir-se-ia que estás ardendo em calor... *(atira o sobretudo sobre um móvel)* Quando se diz vinte graus no Rio de Janeiro deve dizer-se assim: Brrrrr que frio! *(imita um arrepio).*

JAIME *(apalpando-se à procura de fósforos com o cigarro entre os lábios)* — Mas não se enverga um sobretudo pesado como esse. *(pausa)* Ah, isso é que não!

BRANCA *(apanha de cima da mesa uma caixa de fósforos, acende um e apresenta-o graciosamente a Jaime)* — Quando se espirra como tens espirrado desde ontem à tarde, não só se envergam sobretudos como este... *(apaga o fósforo)* como ainda por cima deve-se pôr ao pescoço uma mantinha de lã... como esta! *(apresenta uma manta que traz pendente no braço).*

JAIME *(rindo)* — Queres derreter o teu pobre marido, meu amor! Mas para isso basta o calor dos teus olhos, cada vez mais lindos... *(ela finge-se amuada)* Tem paciência, a mantinha é demais... *(levanta-se)* E com franqueza, filha, o sobretudo também é demais!

BRANCA *(amuada)* — Tudo é demais!

JAIME — Menos os teus beijos. Os teus beijos são sempre de menos... Olha bem para mim. *(puxa a si a mulher e contempla-a sorrindo)* Estás linda, sabes? *(ela diz que não com a cabeça)* Sabe-o sim, que o teu espelho não o mente...

BRANCA — O meu espelho és tu!...

JAIME — Porque tenho no coração a tua imagem... Mas dize-me, todo este luxo é para esperar a amiguinha que vem de S. Paulo?

BRANCA — Não. Todo este luxo é para ti.

JAIME — Confessa, entretanto, que tens hoje a tua sala mais florida que do costume. Amar-me-ás hoje mais do que ontem?

BRANCA — E menos do que amanhã!

JAIME *(risonho e meigo)* — Isso é paródia de Mme. Rostand...

BRANCA *(sentando-se e tornando-se séria)* — Será, mas escuta: tive hoje realmente uma segunda intenção, ao vestir-me como num dia de festa e ao florir assim a minha sala... Quero que a Joaninha tenha, ao chegar aqui, a visão nítida da minha felicidade. Sabes que lhe quero como a uma irmã...

JAIME *(também sério)* — Exatamente; eu ia pedir-te para falarmos na tua Joaninha. Não estou nada contente com a leviandade, *(um gesto de* **BRANCA***)* sim, leviandade dessa menina, querendo sujeitar-me à viva força às suas extravagâncias!...

BRANCA — Ela não quer sujeitar-te a coisa nenhuma, quer apenas que a salves de uma situação de que não tem coragem de sair sozinha...

JAIME — Ora adeus! Então não tem coragem para defender-se num caso simplíssimo e tem-na para constranger um homem como eu a ser cúmplice nos seus desvarios? Não; isso não tem jeito nenhum. Não me sujeitarei nunca a semelhante papel. Perceberá ela ao menos quanto o seu capricho me pode comprometer? *(pausa)* Talvez perceba, mas não se importa com isso!

BRANCA *(queixosa)* — Oh Jaime!...

JAIME — Perdoa-me, mas é a verdade. E afinal eu já estou ficando cansado de aturar doidos...

BRANCA — Para que tens então esta casa de saúde, destinada exclusivamente a essa espécie de doentes?! Olha, por meu gosto não é.

JAIME — Essa pergunta não me parece tua. Para que estudei eu uma especialidade, faze favor de me dizer?! E agora põe-te no meu lugar e aconselha-me: com que palavras terei de participar ao pobre pai da tua amiga a sua infelicidade?!

BRANCA — Sim... coitado... não sei... quero dizer...

JAIME — Queres dizer que o caso é todo absurdo, que o melhor que temos a fazer é, mal nos entre a tua amiga em casa, chamar outro médico e encarregá-lo do seu tratamento. Eu tenho muito pouca prática daquela espécie de loucura.

BRANCA *(triste)* — Falar-lhe-ei amanhã...

JAIME — E por que não hoje?

BRANCA — Para não mortificá-la assim de supetão sem preparo nenhum! Quero vê-la e ouvi-la; depois, pouco a pouco, a irei preparando para uma resolução qualquer...

JAIME — Já não gosto muito que ela venha ficar conosco... confesso.

BRANCA — Ora esta! Então onde quererias que a metêssemos?!

JAIME — Na repartição das loucas. Num bom quarto particular, com enfermeira à vista... O número 1 está vago e é excelente!

BRANCA — Oh!

JAIME — Acredita que para loucos, quanto menos mimos, melhor...

BRANCA — Estás sendo injusto. Joana foi sempre uma menina sensata...

JAIME — Foi...

BRANCA — E de grande coração! A família é que a não compreende... não percebeu nunca que a sua paixão exclusiva e devoradora foi, e será sempre, a música, e que ela não é de molde a sujeitar-se a casamentos arranjados pelos outros!

JAIME — Pelo pai.

BRANCA — Seja por quem for. De mais a mais, Joana já tinha declarado que, a casar-se algum dia, só o faria com um pianista ou um compositor!

JAIME *(com riso alegre)* — Que boa tolice!

BRANCA — Não acho; cada um tem os seus ideais... Desde pequena que o piano foi a sua fascinação... *(mudando de tom)* Mas vão sendo horas de ires esperá-la... ela deve vir muito abatida e muito fraca. Imagina, há oito dias que não come nem dorme!

JAIME *(sorrindo)* — Nem deixa dormir os outros... o que é pior!

BRANCA — Pois foi por isso que o pai, sabendo que és dono de uma casa de saúde e que eu estimo a filha como a uma irmã, tratou, muito acertadamente, de a mandar para nós. É simples.

JAIME — É muito simples.

BRANCA *(com candura)* — Não é?

JAIME — É complicadíssimo! Que ideia farão vocês do meu caráter, da minha responsabilidade profissional?!...

BRANCA *(desculpando-a)* — A melhor! Mas coitadinha, ela não teve culpa do que lhe aconteceu...

JAIME — Diz-me o pai, numa carta que deve estar por aí *(indica a mesa),* que ela vem com os padrinhos. Imagino o trabalho que os velhos terão tido com ela por esse caminho...

BRANCA *(sorrindo)* — Que sustos!...

JAIME — Bem, nesse caso, capacita-la-ás do que tem a fazer e sem delongas. Eu lá vou para a estação... *(rindo)* Olha, põe tu o sobretudo *(põe-lhe o sobretudo nos ombros)* que estás muito à fresca e não te quero doente...

BRANCA *(conservando o sobretudo)* — Não digas aos padrinhos que sabes tudo!

JAIME *(sempre delicado)* — Mas filha, eu não sei nada! Nem o nome do noivo!... E tu?

BRANCA *(desconsolada)* — Também não sei...

JAIME — Nem ela! Pois tudo se há de arranjar, não faças cara triste e até já. *(beija-a e vai a sair, voltando-se da porta ao fundo)* É verdade! Esqueci-me dizer-te! O Antero chegou hoje da Europa...

BRANCA *(com surpresa)* — Sim?!

JAIME — Sim. Encontrei-o na Avenida e prometeu-me vir cá passar um bocado da noite conosco. Deve partir amanhã para a casa da família; parece que há também qualquer novidade com ele... Isso é que vai ser uma atrapalhação com a Joaninha!

BRANCA — Se quando ela chegar, ele estiver aqui, leva-lo-ás para a sala. Até será um magnífico pretexto para nos deixares sozinhas. *(toca a campainha elétrica)* Ora, o Antero vir sem avisar ninguém...

JAIME — Bem! Pois lá vou buscar a minha doente com ar convencido...

BRANCA *(imperativa)* — É triste.

JAIME — Até já, meu amor! *(sai F. Branca atira o sobretudo sobre uma cadeira).*

CENA II

BRANCA e JUDITH

JUDITH *(entra* E. A.) — A senhora chamou?

BRANCA — Sim. Arranje isso depressa. Veja em que desordem está tudo...

JUDITH *(sopesando o sobretudo)* — Virgem Maria, parece de soldado. Nem que tivesse as algibeiras cheias de libras!

BRANCA — Não perca tempo, que aí vem uma visita de cerimônia, *(ajuda a ajuntar coisas, pega no jornal que ficou desdobrado e dobra-o)* O jornal... Uma luva... *(olha à roda à procura da outra luva e vendo-a distante)* Olha a outra luva onde ficou! *(apontando-a à Judith).*

JUDITH *(indo apanhá-la)* — Uma ao Norte, outra ao Sul. O patrão é sempre assim deixa as coisas espalhadas *(apanha a outra luva e a dá à patroa).*

BRANCA — Leve tudo para dentro e volte já. *(Judith sai. Para si)* Pobre Joana!... Ainda cá ficou a mantinha... *(apanha a manta, dá um toque nas flores, cantarola. Entra Judith).*

JUDITH — Que mais, minha senhora?

BRANCA — Nada mais. *(Judith faz menção de sair, mas com ar de quem quer pedir alguma coisa)* Ah, escute: vem aí um senhor visitar-me, o Sr. Antero Cortez. Você receba-o e faça-o entrar mesmo aqui para a minha saleta. Vá depois avisar-me. Entendeu?

JUDITH — Entendi *(com hesitação)* Eu... eu...

BRANCA *(que vai a sair, volta-se)* — Eu... Quê?!

JUDITH — Eu queria pedir um grande favor à senhora...

BRANCA — Diga.

JUDITH — Convencer o patrão de mandar esta doente nova, que aí vem, para a repartição do estabelecimento em que estão as outras doidas...

BRANCA — É impossível...

JUDITH — Por quê?

BRANCA — Ora, que pergunta! Porque é impossível!... A delicadeza do seu estado exige cuidados especiais... Que tem você com isso?!

JUDITH — Tenho que o quarto dela é mesmo ao lado do meu!

BRANCA — Pois feche a porta do seu quarto à chave.

JUDITH — Não bastará, minha senhora, ela será capaz de arrombá-la, que as loucas têm muita força. E então esta que é furiosa!

BRANCA — Quem lhe disse?!

JUDITH — O Januário.

BRANCA — Ah, o Januário sabe...

JUDITH — Tudo. E eu tenho um medo de doidos! Olhe, minha senhora, ainda tenho mais pavor a doidos do que mesmo a bêbados e a fantasmas!

BRANCA *(séria, saindo)* — Descanse, que esta é mansa...

JUDITH *(fica pensativa, depois dá um arranjo à mesa, murmurando entre dentes)* — Mansa... mansa... quem se fia na mansidão dessa gente... *(encontra uma carta aberta, pega nela e lê alto e com dificuldade)* "Meu bom amigo. Amanhã à noite deverá chegar à sua casa acompanhada pelos padrinhos a minha infeliz filha Joana, cujo estado se tem agravado consideravelmente. Passa horas inteiras da noite a agitar-se e a gritar como uma possessa e mesmo de dia tem tido crises assustadoras a ponto de agredir a enfermeira e ameaçar céu e terra!..." Virgem Maria, que há de ser de minha vida?! Se esta que é mansa faz isto, que farão as bravas?!... *(continuando a leitura)* "Espero que a convivência da sua querida Branca, e os seus cuidados profissi...o... profissio...na..."

CENA III

A mesma, **JANUÁRIO** e **ANTERO**

JANUÁRIO *(alto)* — Olá, Judith!

JUDITH *(com sobressalto)* — Hein?! Que medo!

JANUÁRIO — Ora essa, de quê? Você parece que não sabe outra palavra...

JUDITH — Cuidei que fosse um doido.

JANUÁRIO — Não; é um homem de juízo.

JUDITH — Basta dizer que é um guarda portão que usa lunetas, para se dar ares de doutor!

JANUÁRIO — Deixa-te de prosas, pequena, e vai dizer à senhora que está aqui o senhor *(olha para um cartão de visita que entrega a* **JUDITH**) Antero Cortez. Veja lá se quer que o faça subir...

JUDITH — Quer sim, já tenho ordem para o receber.

JANUÁRIO — É *a* primeira vez que vejo aquela cara aqui...

JUDITH — E que tal?...

JANUÁRIO — Bem pior do que a minha *(sai rindo).*

JUDITH — Imagino! *(continua a ler)* "Receio que lhe venham as fúrias de um momento para o outro..." E eu também!... "e por isso a confio à sua guarda..." Sim! Mas quem vai dormir com ela, sou eu!

JANUÁRIO *(para Antero)* — Faça o favor...

JUDITH *(indo ao encontro de Antero e pedindo-lhe o chapéu e a bengala)* — Tenha a bondade...

ANTERO *(entregando esses objetos)* — Então o Dr. Jaime não está...

JUDITH *(vivamente)* — Não senhor. O patrão foi à Central esperar uma doente que vem de S. Paulo... Uma doida, coitadinha, que passa as noites a gritar como uma possessa e vem morar mesmo aqui ao lado do meu quarto!.... E eu tenho um medo! Ah! Um medo!...

ANTERO *(observando Judith com curiosidade)* — Ah!...

JUDITH *(baixo, como para si)* — Se eu me atrevesse!... (*Antero olha* *espantado para Judith, ela torce com vergonha a ponta do avental, para Antero)* Se eu me atrevesse... pedir-lhe-ia desde já o favor de interceder com os patrões para mandarem esta doente para o lado das outras... Não sei por que há de ficar em cima... na casa particular!

ANTERO *(sempre curioso)* — An...

JUDITH *(desconsolada e desapontada pela expressão de Antero)* — Vou avisar a senhora! *(sai. Antero fica só, olha para as coisas que o rodeiam e pega sorrindo num pequeno vaso de Delft que está sobre um móvel e que contempla por um instante).*

CENA IV

ANTERO e BRANCA

BRANCA *(alegremente)* — Que bela surpresa!

ANTERO *(depõe o vaso onde o tirara)* — Sempre gentil, minha boa amiga! *(beija-lhe a mão).*

BRANCA *(com vivacidade)* — Chegou hoje?

ANTERO — Cheguei hoje.

BRANCA — Boa viagem?

ANTERO — Excelente!

BRANCA — Estava a olhar para o vaso de Delft?

ANTERO — E a lembrar-me da manhã em que o comprou...

BRANCA — Chovia...

ANTERO — E nós passeávamos a pé... intrepidamente!... *(com enfado)* É um poço a Holanda!

BRANCA *(risonha)* — Mas que saudades daquele poço!

ANTERO — Pode-se ter saudades de alguma coisa quando se está em plena lua de mel e num ninho tão florido e risonho como este?

BRANCA — Um ninho num hospital de doidos!...

ANTERO — Há aves que preferem construir a sua casa em árvores de espinho... Acredito ainda assim que isso possa de algum modo perturbar a sua felicidade. Tanto mais que eu já percebi que se misturam muito aqui com eles... *(olha para a porta por onde saiu Judith).*

BRANCA — Nós?! Pelo contrário. Eu nunca os vejo, nem sequer os ouço... O que me faz ter saudades da minha viagem é que então eu tinha o meu marido sempre ao pé de mim e agora ele me abandona frequentemente pelos seus doentes...

ANTERO *(com um suspiro muito arrancado)* — Como é feliz o Jaime!

BRANCA — Por que diz isso?

ANTERO — Porque lhe conheço a história....

BRANCA — Vamos lá que a sua não é menos risonha...

ANTERO *(exagerando o tom)* — Oh! Muito diferente! A minha? A minha é terrível!

BRANCA — Sempre as complicações do Amor?...

ANTERO — Sempre!

BRANCA — Então os doces *flirts* da *Pensão Suíça...* e a inglesinha da Gruta Azul...

ANTERO — Tudo engolido pela onda negra do passado!

BRANCA — Mas como as ondas se sucedem, o que uma leva, a outra traz...

ANTERO — Mas já morto e desfigurado...

BRANCA — E a bordo, não fez nenhuma conquista?

ANTERO — Nenhuma. A bordo eu vinha abominavelmente estúpido. Nem sequer toquei piano...

BRANCA — Enjoou...

ANTERO — Não enjoo nunca...

BRANCA — Veio triste por ter deixado a Europa...

ANTERO — Tampouco...

BRANCA — Então...

ANTERO — Então o caso parece absurdo, mas é absolutamente verídico. Eu lhe conto. Sabe por que eu vim da Europa?

BRANCA — Por causa da guerra...

ANTERO — Não. A chamado de meu pai. E sabe por que me chamou meu pai?

BRANCA — Por medo que você se alistasse no exército francês...

ANTERO — Não. Para casar-me!

BRANCA *(com espanto)* — Hein?!

ANTERO — Para casar-me!

BRANCA — Ora essa! Com quem?!

ANTERO — Com uma moça endinheirada, lá do seu conhecimento!

BRANCA — Querem ver...

ANTERO — Quê?!

BRANCA — Nada. Continue... não lhe mandou ao menos o retrato da noiva?

ANTERO — Nada. O caso para mim é este: há muito tempo que meu pai insistia comigo para que eu voltasse da Europa; como eu não cedesse aos seus conselhos, ele tomou uma resolução feroz: suprimiu-me a mesada ao mesmo tempo que me pintava com tintas negras a situação dos seus negócios... Esta decisão foi que me obrigou a partir. Compreende que sem dinheiro, a Europa, em tempo de guerra, não é divertida...

BRANCA — Se compreendo!... Mas que tem tudo isso com o casamento?

ANTERO — Tem que meu pai, como todo homem previdente e amigo de seus filhos, sempre desejou que eu casasse com herdeira rica. Apareceu uma na sua vizinhança, e ele pensou logo em aproveitar-se da situação para impor-me.

BRANCA *(com incredulidade)* — Oh!

ANTERO — Note-se que eu não sou contrário à ideia do casamento... antes acaricio, mas com uma mulherzinha escolhida por mim, que me compreenda e a quem eu ame. Assim não, ah, não!

BRANCA — Está claro. Tanto mais que você é impressionável, fácil em apaixonar-se...

ANTERO — E sobretudo muito independente!

BRANCA *(concordando)* — Ora, a um homem assim, não se pode impor coisa nenhuma!

ANTERO — Nenhuma.

BRANCA — O que acho esquisito é não lhe terem dito, ao menos, o nome da *sua noiva...*

ANTERO — Ah, isso era o que faltava! Disseram. É uma tal Joana Teles.

BRANCA *(com um sobressalto)* — Ah!...

ANTERO *(vivamente)* — Que foi?!

BRANCA *(chupando o dedinho)* — Piquei-me num alfinete... Joana Teles de...?

ANTERO — Só. E basta. Ora eu casado com uma D. Joana!

BRANCA *(com doçura)* — Joaninha...

ANTERO — Dito assim! Pela sua boca todas as palavras são bonitas, minha boa amiga... (*Branca dá-lhe uma pancadinha no ombro com uma flor de longa haste que tem nas mãos, como para puni-lo da lisonja)* — Fora de qualquer gracejo: compreenda o meu embaraço: adoro meu pai e não quero desgostá-lo, prezo-me também de ser um homem delicado e não me sinto à vontade rejeitando um casamento desejado e aceito pela noiva, ao mesmo tempo que não quero sacrificar o meu futuro, nem devo sujeitar-me a uma tal imposição! É uma trapalhada...

BRANCA — É...

ANTERO — Eu precisaria casar com uma menina inteligente, cá a meu modo, que me animasse a trabalhar, porque tenho indolências ao mesmo tempo que sinto um grande desejo de fazer carreira artística, e iniciá-la escrevendo uma ópera!

BRANCA *(com outro sobressalto)* — Ai! *(chupa o dedinho).*

ANTERO — Outro alfinete?!

BRANCA — Outro... ou talvez o mesmo... Mas conte o resto, vá! E eu já não me lembrava que você era pianista!

ANTERO *(sorrindo)* — Laureado!... É essa a principal razão porque meu pai quer arredar-me dos estudos. Para ele arte não pode servir de apoio à vida de ninguém. Pois que tenha paciência. Amanhã partirei para casa e lá o desiludirei, bem como aos outros. Ele vai zangar-se; é fatal; a menina chorará também lágrimas amargas, mas que hei de fazer?!

BRANCA — Ela não chorará...

ANTERO — A senhora não sabe o que é a vaidade das mulheres... Esta vai ficar furiosa!...

BRANCA — Não creia.

ANTERO — Tenho a certeza.

BRANCA — Se ela nunca o viu!

ANTERO — Pouco importa; sentirá o seu amor próprio ofendido. As mulheres são muito susceptíveis. A pobre da Joana vai rabiar como uma cobra!

BRANCA — Qual...

ANTERO — Vai!

BRANCA — Asseguro-lhe que a sua resolução só lhe poderá dar prazer!

ANTERO — Não julgue as outras por si. Ela é até capaz de matar-se, pôr fogo às saias, incendiar-se toda! Sei que o querosene não passou da moda aqui, e esta ideia, com franqueza, assusta- me...

BRANCA — Não se aflija. Joaninha também se opõe a esse casamento...

ANTERO — Quem lhe disse?

BRANCA — Ela própria.

ANTERO — Conhece-a?!

BRANCA — Conheço-a. Não ignora que morei em S. Paulo durante alguns meses; foi então que estreitamos relações... Soube agora, por carta, que ela estava verdadeiramente aterrada com a ideia desse casamento...

ANTERO — Aterrada?!... Não sei por quê!

BRANCA — Porque o não ama...

ANTERO *(com admiração)* — Não me ama?!

BRANCA — Não.

ANTERO — É extraordinário!

BRANCA —Ora essa, não lhe acontece a mesma coisa?

ANTERO — Ah, mas isso é diferente!

BRANCA — Vaidoso!... Escute o resto, olhe que é segredo...

ANTERO — Guardá-lo-ei.

BRANCA — Não podendo esquivar-se à vontade do pai, nem desfazer a detestável combinação...

ANTERO — Detestável é um modo de dizer...

BRANCA — Repito o que ela me disse: Joaninha adoeceu...

ANTERO — Ainda mais essa!

BRANCA — Contraria-o isso?!

ANTERO — Naturalmente. É mais uma razão para piedade e contemporização... E é bonita, ao menos, essa Joaninha?...

BRANCA — Uma flor!...

ANTERO *(embaraçado)* — Diabo!

BRANCA — Se ela fosse feia, ficaria humilhada. Assim não... Mas vai julgar pelos seus

próprios olhos. Joana estará em minha casa dentro de poucos minutos *(com tristeza)* Vem entrar em tratamento na casa de saúde de Jaime!

ANTERO *(com espanto)* — Ah, então ela ficou?... *(faz um gesto com um dedo na testa).*

BRANCA *(triste)* — Ficou.

ANTERO — De mais a mais!

BRANCA — Como o diabo as tece...

ANTERO *(outro tom)* — E falem mal dele! Mas o diabo é sublime! *(fica agitado, Branca observa-o)* É sublime! Que de cenas arrevesadas e esquisitas essa doença providencial me evita! Eu tremia à ideia da cólera de meu pai, e assim estou perfeita e absolutamente tranquilo. Se foi o diabo que teceu este enredo, é mais uma razão que tenho para o adorar e bendizer.

BRANCA *(tapando os ouvidos)* — Não diga isso! Que sacrilégio!...

ANTERO — Creia que eu já chegava a ter ódio a essa menina que se deixava introduzir tão passivamente na minha vida! E agora, de contente, até estou com vontade de a conhecer!...

BRANCA *(triste)* — Não se regozije com a desgraça alheia. Lembre-se que é por sua causa que a pobre Joaninha perdeu a razão! *(muito compungida)* Eu estou consternadíssima...

ANTERO — Eu não tenho culpa que ela fosse fraca de espírito...

BRANCA — Mas que formoso coração, e que rosto adorável!... Sabe que ao redor dela os pretendentes andavam assim?! *(faz um gesto com os dedos apinhados)* E depois, instruída! Ah! E de uma finura, uma distinção! *(suspira)* Foi uma tristeza...

ANTERO — Não me queira fazer ter remorsos de culpas que não cometi! Eu até já estou ficando nervoso... impressionado, não sei como!

BRANCA *(limpando os olhos)* — Assim na flor da vida, e tão galante!...

ANTERO — Que fatalidade!

BRANCA — Realmente, tem vontade de a conhecer?

ANTERO — Já não penso noutra coisa!

BRANCA — Então fique, mas não a espere aqui. Vá para o salão logo que a sentirmos subir, e entretenha-se por lá a tocar piano. Se tiver de aparecer à Joana, finja-se de internado da casa. Os doidos têm simpatia pelos doidos; é o que o meu marido diz. Combine tudo com ele; lá o mandarei.

ANTERO — Está dito; virei como um internado! Isso até me permitirá falar com liberdade.

BRANCA — Tenha cuidado e sobretudo não se esqueça de que o senhor diretor é muito severo!

ANTERO — Terei a prudência de um verdadeiro louco, descanse.

BRANCA — Eu estarei de sentinela...

ANTERO — É verdade, ela é furiosa!

BRANCA — Quem lhe disse?!

ANTERO — A sua criada.

BRANCA *(com espanto)* — Como?!

CENA V

Os mesmos, **JANUÁRIO** e **JUDITH**

JANUÁRIO *(carregado de maletas e embrulhos)* — Onde quer que eu ponha estas malas, minha senhora? *(entra do* F*).*

BRANCA — No quarto ao fundo do corredor. As bagagens vieram na frente?

JANUÁRIO — O patrão mandou-me vir subindo enquanto paga lá em baixo ao automóvel... *(sai para* E. A.).

JUDITH *(entra* F *com uma caixa de chapéu e um rolo de mantas)* — O Sr. Dr. já chegou com a doente...

BRANCA *(para* **JUDITH**) — Deixe tudo aí e corra à escada, para ajudá-la a subir...

JUDITH — Eu?... Eu?... Mas, minha senhora, eu tenho muito medo!... *(vacila; entra depois* E. A*).*

BRANCA *(para* **ANTERO**) — Agora, meu amigo, vá para o salão, que é a primeira porta à esquerda do corredor. Meu marido irá ter consigo, que está desejoso de o abraçar.

ANTERO — E eu tenho tanto que lhe dizer!... Até já... *(no corredor)* então posso tocar? *(sai).*

BRANCA — Quanto quiser!

CENA VI

BRANCA, JAIME e JOANA

JAIME *(entra dando o braço a Joana, que vem como um trapo, corpo mole, expressão de idiota, indiferente a tudo)* — Aqui tens a tua pobre amiga! *(para Branca com gravidade e solenidade)* Como vês, está muito carecida dos teus cuidados...

BRANCA — Minha querida Joana! *(abraça-a e sacode-a, mas ela conserva-se indiferente).*

JAIME *(para Branca)* — Posso falar-te com inteira franqueza porque ela não percebe nada do que estamos dizendo: é um caso perdido.

BRANCA *(com desespero)* — Não digas isso! *(sacudindo os ombros de* **JOANA**, *que deixa mole e estupidamente que a sacudam)* Protesta, Joaninha, protesta! *(Joana continua na mesma imbecilidade).*

JAIME — Vês? Conserva-se indiferente a tudo.

BRANCA — Mas tu ainda não a examinaste, não podes saber! Quem sabe?...

JAIME — Não é preciso; ela apresenta todos os característicos do mal incurável: a fixidez do olhar, a palpitação agitada das narinas; a comissura descaída dos lábios; a cor pálida e terrosa da pele e, sobretudo, o amolecimento muscular dos braços, que parecem mais compridos. Está disforme, a Joana! Repara-lhe para o queixo!

BRANCA — Mas eu não lhe vejo nada no queixo!

JAIME — Vejo eu. Todos os sintomas apontados são aterradores. Vou começar esta noite por lhe queimar a sola dos pés a ver se lhe desperto a sensibilidade... Depois de lhe raspar a cabeça à navalha, o que vai ser feito daqui a pouco, aplicar-lhe-ei o capacete de gelo e cinquenta sanguessugas atrás de cada orelha... Por enquanto deixo-a repousar da viagem. Quanto a alimento só uma xícara de leite por dia, precisamos reduzi-la à máxima fraqueza. *(passa ao* F. Januário *da* E. A. *para* F.).

BRANCA *(contemplando Joana com tristeza)* — Quem dirá que é a mesma linda Joaninha que nós conhecemos? Como está mudada... *(limpa as lágrimas).*

JAIME — Não chores... tem coragem...

BRANCA — Sim... Olha, tens um amigo à tua espera no salão. É a pessoa por quem esperavas... quanto à Joana, vai descansado, que eu tratarei dela...

JAIME *(encaminhando-se para a* E. A. *por onde saí)* — Daqui a nada virão as enfermeiras buscá-la, não te fies muito... *(Joana espreita a saída de Jaime. Branca tem-se afastado um pouco seguindo o marido, depois deste sair volta-se para* **JOANA**).

CENA VII

As mesmas menos **JAIME**

JOANA *(atira-se com delírio nos braços de Branca)* — Minha querida Branca!

BRANCA — Joaninha! Ai que susto... finges tão bem que eu já ia acreditando!...

JOANA — E como estou cansada de fingir! Como estou precisada de ti! Imagina que, desde as seis horas da manhã, estou assim calada, sentada num banco de vagão sob a vigilância incessante de meus padrinhos. Pobres velhos, que medo tiveram de mim durante toda a viagem! *(ri).*

BRANCA — Estás sendo cruel!

JOANA *(com volubilidade)* — Que remédio, eu preciso defender-me! De quem eu tinha mais receio, era de teu marido, confesso... Supus que percebesse logo tudo nos meus olhos; mas o teu Jaime parece que ainda não tem grande prática de doentes... não duvido que venha a ser um excelente médico, mas por enquanto deixa-se enganar com muita facilidade!

BRANCA *(ressentida)* — É o que te parece. Jaime é consideradíssimo! Aquele é que ninguém engana! Pertence a várias academias e recebe todos os dias pelo correio maços assim *(menciona o tamanho)* de cartas e de jornais. Mas compreendes, só depois de te sujeitar às experiências a que aludiu, poderá ter da tua moléstia uma opinião definitiva!

JOANA — Eu é que não consentirei nas tais experiências, isso não! Os meus ricos pezinhos queimados! As minhas tranças perdidas? Nunca!

BRANCA *(com um suspiro)* — Que remédio terás, filha?!

JOANA — Olha que amiga me saíste! Consentirias então nessas barbaridades?!

BRANCA — Se forem para o teu bem...

JOANA — Ai; ai; ai; ai! Mas eu estou sã! Estou rija! Estou perfeita!

BRANCA *(piedosa)* — É o que te parece...

JOANA — Hein?!

BRANCA — Completamente no teu juízo, não estás...

JOANA *(imperativa)* — Explica-te!

BRANCA *(começando irônica e passando por várias gradações até à meiguice)* — A peça que pretendeste pregar a teu pai e aos outros, demonstra muita infantilidade e ao mesmo tempo muita propensão para a maluquice. Perdoa-me a franqueza, mas tenho o dever de falar-te assim. *(Joana ouve-a com espanto)* Não pude aconselhar-te por escrito porque a minha carta seria fatalmente lida por outras pessoas alheias à tua maquinação, menos clemente do que engenhosa. Preferi que viesses, para a sós contigo dizer-te quanto reprovo o teu ato e pedir-te para escreveres imediatamente a teu infeliz pai, confessando-lhe a verdade.

JOANA *(murmurando)* — Estás louca...

BRANCA *(simultaneamente severa e meiga)* — Tinhas o coração meigo, Joaninha, porque fazes agora sofrer assim o pobre velho?... Não imaginas como é dolorosa a carta em que ele comunicou ao Jaime a tua doença... coitado, ele é até capaz de morrer de desgosto... *(Joana chora)* O que fizeste é bárbaro, é muito bárbaro... Não chores, minha querida... não quero que chores, mas reflitas comigo... fui má para ti? Pois aqui me tens a teu lado, prometendo-te tudo quanto quiseres de mim!

JOANA — Até que enfim encontro a minha Branca! *(abraçam-se)* Não calculas o meu sofrimento sem ter uma consolação, ameaçada, atormentada, desesperada e sozinha!

BRANCA — Teu pai adora-te!

JOANA — Mas quer casar-me à força com um homem que eu não conheço. Isso é amor?!

BRANCA — Ele sabe talvez que esse rapaz tem qualidades excepcionais. Amarás outro?

JOANA — Não amo ninguém. Desde pequena que a paixão exclusiva da minha vida é a música. Meu pai trata-me à distância, minha madrasta não me compreende; é no seio da música que eu desabafo as minhas tristezas... Sabes que para meu pai o piano continua ainda a ser o pior dos barulhos? Não vale a pena casar-me para continuar com o mesmo suplício, e que posso esperar de um marido escolhido por meu pai? Oh, se encontrasse um homem livre, inteligente e com os mesmos gostos que eu... mas isso é tão difícil...

BRANCA — Não me parece...

JOANA — É sim. Sabes que estou cantando razoavelmente?

BRANCA — Já ouvi dizer... e acompanhas-te?

JOANA — Ainda não me habituei a isso. *(começa dentro uma valsa de Chopin em surdina).*

BRANCA *(sorrindo)* — Precisarás de um noivo que te acompanhe.

JOANA — Não digas brincando. É o meu sonho.

BRANCA — Quem sabe se o tal noivo... como se chama? *(pergunta e imediatamente tapa a boca da amiga para não ouvir a resposta)* Não, não! Prefiro não saber de quem se trata...

JOANA *(com espanto)* — Por quê?!

BRANCA — Poderia conhecê-lo e ficar com pena...

JOANA — É um imbecil. Logo que lhe não nomearam outras qualidades senão as de ser bonito e rico, presumo que seja um imbecil!... *(pausa)* Mas quem está ao piano...?! Seja quem for, toca bem... muito bem... *(pausa)* muito bem!

BRANCA *(em êxtase)* — Deliciosamente... É um internado. Um grande artista! Mas desgraçadamente, doido varrido...

JOANA — Que pena! Um grande artista? Mas será talvez uma crise sem grande importância, não?

BRANCA — Estas crises sempre têm importância. É uma doença inexorável!...

JOANA — Como eu gozo quando ouço tocar assim! *(pausa)* És feliz, Branca?

BRANCA — Muitíssimo! Meu marido adora-me e eu adoro-o. Afirmo-te que não há vida para uma mulher de coração como a de casada...

JOANA — Deveras?

BRANCA — Deveras.

JOANA — Creio. És sincera; a felicidade vê-se; quando se entra numa casa em que ela seja apenas simulada, logo se percebe a mentira. Mas como toca bem este doente... é moço?

BRANCA — É.

JOANA — Bonito?

BRANCA — Não é feio...

JOANA *(pausa)* — Casado?...

BRANCA — Creio que não...

JOANA — Aí está um pianista que me acompanharia bem...

BRANCA — Quem sabe?...

JOANA *(pausa)* — Se o outro tocasse assim...

BRANCA — Casar-te-ias com ele?

JOANA — Sem hesitação... *(rindo, ficam ambas ouvindo a música que morre).*

CENA VIII

JOANA, JUDITH, ainda **BRANCA** que sai

(Judith entra com uma chávena de leite, leva-a à Branca, que a manda levar a Joana, mostrando sempre temor de *Joana*).

BRANCA — Que é isso?!

JUDITH — O patrão mandou trazer este leite para a senhora doente...

BRANCA *(sem pegar na chávena, indica a Judith que a leve a Joana. Para Joana)* — Meu marido quer que tomes esta chávena de leite. Faze-lhe a vontade. Eu vou transmitir ao pianista os teus cumprimentos e pedir-lhe para vir falar-te. Verás que rapaz distinto. Até já... *(Sai* E. A. *deixando Judith confusa com o leite na mão sem coragem de se aproximar de Joana).*

JOANA *(rindo do medo de Judith, a quem contempla um momento antes de a chamar)* — Pode aproximar-se, não tenha medo...

JUDITH — Eu não tenho medo...

JOANA — É natural...

JUDITH — Quer mais açúcar?... *(Joana serve-se de açúcar e começa a tomar o leite)* A senhora está melhor?

JOANA — Estou melhor do que ontem. Mas poderá saber como eu estava ontem?! *(Judith faz um riso amarelo e recua desconfiada)* Responda...

JUDITH — Não sei, não senhora...

JOANA — Nesse caso, nada lhe adianta a informação... *(acaba de esvaziar a xícara e quer pousá-la na bandeja, mas Judith, que tem recuado, não alcança a mão de Joana)* Tome a xícara...

JUDITH — Faça o favor de a pousar aí mesmo... *(indica o chão com o beiço. Joana compreende e levanta-se para levar-lhe a xícara. Judith foge* F.*; entretanto tem entrado Antero pela* E. A. *e, vendo sair Judith, vai buscar a xícara às mãos de Joana e vai pousá-la num móvel).*

CENA IX

JOANA e ANTERO

ANTERO *(indo tomar a xícara da mão de Joana)* — Tenha a bondade, minha senhora! *(leva a xícara a um móvel).*

JOANA — Obrigada...

ANTERO *(voltando-se)* — Pensei que estivesse aqui a Sra. D. Branca...

JOANA — Ela não tarda...

ANTERO *(observando Joana)* — Incomodarei V. Ex.a se ficar aqui alguns instantes?

JOANA — Ao contrário! Estimo ter o ensejo de perguntar se não foi o senhor que tocou aquela valsa de Chopin...

ANTERO — Sim, minha senhora, fui eu.

JOANA — Felicito-o de todo o coração! É um grande artista. Interpretou adoravelmente, exatamente a valsa 21 que é a minha preferida... *(o número poderá ser mudado segundo a conveniência da ocasião).*

ANTERO — Foi um acaso feliz. Também essa é a minha preferida... Vejo que V. Ex.a conhece as músicas de Chopin?!

JOANA — Quem haverá no mundo que não conheça as músicas de Chopin?!

ANTERO *(olhando amorosamente para ela)* — Mas só as muito familiarizadas as sabem designar pelos números... V. Ex.a toca?

JOANA — E canto.

ANTERO *(com entusiasmo)* — Acompanhá-la-ei!

JOANA *(alegremente)* — Conto com isso.

ANTERO *(interessado)* — Que felicidade para mim!

JOANA — E para mim!

ANTERO — O seu autor predileto?

JOANA — Schumann.

ANTERO — Divino!

JOANA *(êxtase)* — Divino!... E o seu?

ANTERO — Beethoven.

JOANA *(arrebatada)* — Adorável!

ANTERO *(arrebatado)* — Único!

JOANA—Tem razão, único. Não sei como se possa ouvir com impassibilidade as suas sonatas, sobretudo a Patética!

ANTERO — Toquei exatamente essa sonata em um concerto de caridade na véspera da minha viagem, em Paris... A música é uma coisa admirável!

JOANA — Entretanto há quem a deteste...

ANTERO — Como há quem desdenhe a poesia...

JOANA — Eu adoro ambas!

ANTERO — E eu!

JOANA — Que prazer encontrar quem toque comigo e me acompanhe, quando eu receava até nem encontrar piano aqui... seria um pavor...

ANTERO *(com volubilidade e graça)* — Oh! O mais inconcebível dos pavores! Eu, minha senhora, compreendo casa sem pão, sem ar, sem luz, sem leitos, sem telhas, sem... enfim sem coisa nenhuma, exceto o piano!

JOANA *(estremece, encolhe-se e pergunta já em outro tom, desconfiando)* — O senhor está aqui há muito tempo?...

ANTERO — Há duas horas apenas. Cheguei hoje da Europa!

JOANA — É impossível!

ANTERO *(com elegância e graça)* — É a verdade, minha senhora. Cheguei amargurado, apreensivo, com ideias negras, vontade de morrer; e estou agora cheio de sol e de esperança.... Não há nada para o coração como o clima da pátria... O meu estava enregelado como um fruto murcho, sinto-o avolumar-se, dilatar-se embriagado de primavera!...

JOANA *(cada vez mais desconfiada e olhando para a porta a ver se vem* **BRANCA***)* —Então não está há muito tempo em... em tratamento com o Dr. Jaime?

ANTERO *(caindo em si e sorrindo)* — É verdade, tinha-me esquecido... E o extraordinário, minha senhora, é que o meu amigo curou-me, curou-me completamente, com duas horas de tratamento, ali no salão. Espero que a V. Ex.a suceda o mesmo...

JOANA — Ah... eu...?

ANTERO — O diretor falou-me a seu respeito com vivo interesse. Ele é meu amigo de infância...

JOANA *(desconfiada mas com ingenuidade)* — Branca também é minha amiga de infância...

ANTERO *(amorosamente)* — Bem vê que podemos estar tranquilos... passaremos com eles aqui uns dias felizes, tocando, cantando, passeando sob as ramadas floridas da chácara. Gosta de ler?...

JOANA *(comovida)* — Sim... muito...

ANTERO *(com muito carinho e decisão)* — Leremos juntos. Tenho um livro adorável sobre a vida dos grandes maestros... Que abençoada hora em que nos encontramos aqui!... Ninguém a dirá doente... Seus olhos estão cheios de saúde... Repare agora nos meus. Que vê neles? *(Joana recua, tímida)* Sinto nas minhas pupilas todas as harmonias de Schumann e de Mendelssohn e desejaria que V. Ex.a me dissesse se as compreende... já que ouve tão bem, porque não há de ver igualmente?

JOANA — O senhor está louco...

ANTERO — Nós estamos loucos! Se eu sou doente, será V. Ex.a sã? Disse-me o Jaime que não! *(Joana deixa-se imediatamente descair, retomando o seu ar idiota)* É deliciosa!... Que estúpido eu fui que não a adivinhei! Diga-me, Joaninha, diga-me alguma coisa!

JOANA *(que estremece ouvindo o seu nome, vacila, mas conserva-se com ar de idiota, e diz com voz de criança)* — Não! *(bate com o pé).*

ANTERO *(mesmo jogo)* — Sim! *(sorri contemplando Joana. Esta demonstra grande perturbação. Há uma pequena pausa).*

JOANA *(numa súplica apenas murmurada)* — Meu Deus...

ANTERO *(com doçura olhando de perto para Joana, que parece cada vez mais perturbada)* — Não acredita, Joaninha, nestas paixões que ferem como um raio às quais a vontade humana, mesmo a mais forte, não se pode opor? Talvez não acredite, e eu também duvidava da sua veracidade. Coisas de romance!, pensava eu quando as ouvia citar... pois hoje afirmo a existência da paixão súbita, invencível, subjugadora...

JOANA *(cantarola, imitando mal a idiotia, já meio vencida)* — 2 e 2 são 4!; 4 e 2 são 6!. 4 e 4, 8!... 6 e 4, 10!

ANTERO — De mais a mais sabe tabuada! E aí está uma coisa de que me esqueci completamente... Hoje só sei que l e 1 são 2, e 2 são 1 quando têm a ventura de se amarem como o meu amigo Jaime e a sua amiga Branca... E eis aí uma conta, Joaninha, que eu gostaria que me ensinasse...

JOANA *(assustada)* — Meu Deus... Eu quero ir-me embora... Porque me deixaram sozinha nesta sala?... Tenho medo!...

ANTERO — Medo de quem, Joaninha, de quem?! Eu não lhe faço mal, ah, se pudesse adivinhar já o bem que lhe quero! *(tenta aproximar-se).*

JOANA *(gritando)* — Branca!

ANTERO *(precipitadamente)* — Eu não sou louco, escute!

JOANA *(com mais veemência)* — Branca! Branca!... *(foge de Antero).*

CENA X

Os mesmos e **BRANCA**

BRANCA *(assustada)* — Que é? *(Joana acolhe- se nos braços de Branca).*

ANTERO *(apressado)* — Uma pequena crise de nervos, será bom chamar o diretor! *(toca o tímpano desesperadamente).*

BRANCA *(para Antero)* — Peça antes um copo de água de flor. Depressa!...

ANTERO *(grita para dentro, correndo à porta do* F.*)* — Um copo de água de flor!...

BRANCA *(para Joana)* — Como estás fria e trêmula!...

JOANA *(para Branca)* — Se soubesses!...

ANTERO *(voltando ansioso, para Joana)* — Perdoe-me... mas... diga-me, está melhor?... Eu nunca pensei poder assustá-la assim!... *(Joana esconde o rosto no peito de Branca)* Que desastrado eu fui! *(com raiva)* Que desastrado!

BRANCA — Mas afinal, o que foi?!

JOANA *(para Branca)* — Nada!...

BRANCA — Nada?!... *(entra Judith com uma salva com copo e frasco de água de flor, colher, etc. Vem com ar assustado e permanece ao fundo).*

ANTERO *(indo ao encontro de Judith)* — Até que enfim! *(prepara a água de flor mesmo nas mãos de Judith; quando retira o copo, esta foge com a salva e os outros preparos. Entretanto, no primeiro plano, Branca e Joana trocam impressões).*

JOANA — Que pena ser louco; porque é encantador, sabes?

BRANCA — Sei.

JOANA — Falou-me de um modo que me perturbou... Ele não é só pianista... é também poeta!

BRANCA *(com intenção)* — E que poeta!

JOANA — Admirável!...

ANTERO *(trazendo o copo e oferecendo-o)* — Quer que vá tocar Schumann, Beethoven, Chopin, Bach? Tocarei todo o meu repertório, se for preciso, para a fazer sorrir...

BRANCA — Não agora, só irão para o piano os dois juntos. Sabes, Joaninha, que ele está compondo uma ópera e que eu espero ouvir-lhe alguns trechos cantados por ti?

JOANA *(estupefata)* — De mais a mais, maestro!

BRANCA —Toma a tua água de flor, para depois ouvires uma declaração... *(Joana bebe depressa uns goles e volta-se para ouvir)* Aqui o nosso amigo nunca esteve doido!

JOANA *(ao princípio vexada)* — Ah!... *(para Antero, com vivacidade)* Eu também não!

BRANCA — Ainda bem!

CENA XI

Os mesmos, **JUDITH** e **JAIME**

JAIME — Que temos?!

BRANCA — Isto: é tempo de fazermos a apresentação dos nossos hóspedes. Joaninha passou agora por um grande susto, pensando estar sozinha ao lado de um louco... proponho, portanto, que lhe digamos toda a verdade!

JAIME — É a minha opinião desde o princípio. Minha senhora, quis uma boa estrela fazer entrar hoje aqui, vindo da Europa, o meu amigo Antero, Cortez, que tenho o prazer de apresentar a V.Ex.a!

JOANA — Antero Cortez! Oh! *(este oh deve ser prolongado, com a boca aberta).*

BRANCA *(rindo)* — Meu bom amigo Antero, tenho a ventura de apresentar-lhe a minha amiga Joana Teles, a quem adoro como a uma irmã... *(eles ficam embaraçados um diante do outro, depois cumprimentam-se cerimoniosamente).*

JAIME *(rindo)* — Nunca tive tanto escrúpulo em aceitar uma doente, e de nenhuma a cura me foi tão fácil!...

JOANA *(para Branca)* — Então o Dr. Jaime sabia de tudo?!...

BRANCA *(solenemente)* — De tudo.

JOANA — Que vergonha!...

JAIME — Por isso, meus amigos, acho prudente mandar um telegrama ao pai da nossa boa Joaninha... Quem o quer redigir?... *(olha sucessivamente para Antero e para Joana).*

BRANCA *(vendo a indecisão de ambos, que sorriem um para o outro)* — Eu. Mas primeiro quero fazer aqui uma pergunta a esta senhora *(leva Joana para um canto e fala-lhe).*

JAIME *(para Antero)* — Bem dizia o grande Dumas: o acaso é o melhor colaborador dos romances vivos ou imaginados.

ANTERO — Mas poucas vezes ele terá tido tanto espírito...

BRANCA *(descendo)* — Muito bem. Agora preciso fazer uma perguntinha a este senhor... *(fala ao ouvido de Antero, voltando-se depois de lhe ter ouvido a resposta)* Perfeitamente. *(para Jaime, que tem tirado do bolso lápis e carteira)* Escreve lá: Joaninha e Antero... doidos de Amor!

(cai o pano)

VERMELHO MARINHO

Spirit

BRASILIARIS.COM.BR